リーデザイナーの祝祭日

水上ルイ

幻冬舎ルチル文庫

CONTENTS ✦目次✦

ジュエリーデザイナーの祝祭日

✦カバーデザイン＝高津深春（CoCo.Design）
✦ブックデザイン＝まるか工房

イラスト・円陣闇丸✦

泳ぐジュエリーデザイナー

AKIYA　1

「ここから、着陸する飛行機が、こんなによく見えるなんて」

僕は窓の外を見ながら言う。

「あらためて見ると、綺麗《きれい》ですね。あまり意識しなかったけど」

東京湾の周りには、カップルにはよく知られた、車でのデートスポットが点在している。

でも、車を持っていない僕はあまり意識したことがなかったし、第一、都内に住んでいて
羽田空港をわざわざ見に行く機会なんてほとんどない。

雅樹《まさき》のマスタングは、ほかに車のいない海沿いの道路に駐車していた。

……金曜日の夜だから、本当はすごく混《こ》んでいそうだけど……。

僕は雅樹を横目で見て、

「ここって穴場みたいですね？」

「車でここまで来るのは難しいんだが、抜け道があるんだ」

雅樹は言ってから、僕の視線に気づいたみたいにふと振り向いて、

「どうしたの？　そんな顔をして……」

言いかけて言葉を切り、いきなりクスリと笑って、

「君の言いたいことを当ててみようか？」

「えっ？」

「『どうしてこんな場所を知っているんですか？』」

「そうです。……もしかして、ほかの人とのデートに使っている場所……とか？」

冗談めかして言いたいけど、僕の声はちょっと震えてしまっている。

「あのね」

雅樹は深い深いため息をついて、

「こんなに君のことばかり考えている俺に、いつ、ほかの人間とデートをする時間があるのかな？」

「だけど……」

「家で仕事をしていて行き詰まった時には、このあたりをドライブする。偶然見つけたんだ」

「本当ですか？」

思わず聞いてしまった僕に、雅樹は、

「恋人を疑《うたが》うなんて、イケナイ子だ。……お仕置きかな？」

いきなり雅樹の顔が近づいてくる。キスされる？　と思って赤くなってしまった僕に、

「シートを倒すよ、舌を嚙《か》まないで」

雅樹は言って、助手席のリクライニングの操作レバーを引く。

「うわ！」

ゆっくりとシートが倒れ、雅樹が僕の身体《からだ》の上に覆《おお》い被《かぶ》さってくる。

「……いつか、車の中で、こうしたいと思っていた」

セクシーな低い美声で囁《ささや》かれて、僕の鼓動が速くなる。

「今すぐ、ここで、抱いてしまいたいな」

……だけど……。

「ダメです、雅樹！　誰かに見られてしまいます！」

「見られても構《かま》わないよ。もう我慢《がまん》できない」

「ダメです！　部屋に帰ってからなら、どんなことでもしますから……」

僕は言いかけるけど、雅樹の楽しそうな顔に言葉を切る。

雅樹は、イジワルな流し目で僕を見て、

「それはいいことを聞いた。どんなことをしてくれるのか、楽しみだよ、篠原《しのはら》くん」

＊

雅樹の部屋に泊まる週末。

日曜日の朝、僕はよく早起きをする。

雅樹のベッドは、二階層吹き抜けのリビングの上、広いロフトにある。

ベッドに横たわったまま夜明けの東京湾を見渡すのは、僕にとってはすごく贅沢《ぜいたく》なこと。

前の夜に雅樹の腕の中で見た、キラキラとした夜景、たくさんのビル、そしてレインボーブリッジ……それらが、だんだん明るくなる空気に浮かび上がってくる。

平日だと夜明けから車が増える高速が、週末にはノンビリと空《す》いたまま。

濃い紺色《こんいろ》から水色、そして茜色《あかねいろ》に変化していく空を見つめているのが……僕はすごく好きだ。

……初めてこの部屋に来たのも、こんな夜明けだった。

……あの日の夜明けの空も、こんなふうに美しいグラデーションを描いていた。

思い出すだけで、胸がキュッと甘く痛む。

あの時、僕は自分の気持ちにまだ気づいていなかった。

初めて会った時、彼から視線をそらせなかった。彼を見るだけで熱くなる頬《ほお》、彼といるだけで速くなる鼓動。その意味が、恋に不慣れな僕には理解できなかったんだ。

初めて二人きりで食事をした夜。いきなりキスをされ、『愛している』と告白された。

僕は、彼のコロンの芳《かぐわ》しさに酔《よ》いしれ、彼とのキスに……座り込みそうになるほど感じた。

だけど、そんな自分に動揺した僕は、彼にひどいことを言って拒絶してしまった。

その夜、僕は一睡もできなかった。

キスをされたのが嫌だったんじゃない。男に告白されたことがショックだったんじゃない。

僕は、『憧《あこが》れの上司である黒川《くろかわ》チーフ』を傷つけてしまった自分を許せなくて。

そして、僕は勇気を振《ふ》り絞《しぼ》って彼に電話を入れ、始発電車に飛び乗ってここに来た。

今から考えると、好きでもない人間に会うために、あんな気持ちで、夜明けに部屋を飛び出すわけがない。

夜明けの桟橋《さんばし》で約束の時間を待ちながら、僕は自分の中に渦巻《うずま》く、生まれて初めて感じる激しい、そして甘く苦しい感情に動揺していた。

あの時の必死な気持ちを思い出す。今なら、あれがなんだったのか解《わか》る。

……あれは……恋だったんだ……。

雅樹がイタリアに帰ってしまうという噂《うわさ》を聞いた時、僕は初めて自分の気持ちに気づいた。

……気づいてよかった……。

あの時と同じ、苦しいほどに甘い気持ちは、今でも同じ強さで僕の中にある。

僕は、同じベッドの上にいる彼を起こさないように、そっと寝返りを打つ。

夜明けの薄明かりのなか、彼はぐっすりと眠っている。

閉じられた長い睫毛《まつげ》。丹念に彫《ほ》り込んだように端整な顔立ち。

引き締まった顎《あご》。しっかりとした首のライン。パジャマに包まれた逞《たくま》しい肩。襟元《えりもと》から覗《のぞ》く滑《なめ》らかな皮膚《ひふ》に、トクンと心臓が高鳴る。

金曜日の夜、そして昨夜のことを思い出して、僕は一人で赤くなる。

初めて恋人同士になったあの頃と変わらずに、雅樹はとても情熱的に僕に愛を確かめさせてくれる。

金曜日の夜には、まだ仕事のこととか、来週の予定なんかで頭がいっぱいの僕。だけど、雅樹は僕からすべての思考を奪《うば》い、指先までをロマンティックな気分で満たしてくれて。

「……ん……」

雅樹は寝言のトーンで小さく呻《うめ》き、無意識の仕草で僕の身体を引き寄せる。

もしかして狸《たぬき》寝入りなのかな、と思うけど、彼の呼吸は熟睡しているリズム。

間近にある彼のハンサムな顔。身体を包むあたたかな体温。

「……晶也《あきや》……」

彼の微《かす》かな寝言。愛《いと》おしさに心が甘く痛む。

僕の鼓動は、彼の顔を見つめているだけで、こんなに速くなる。

……雅樹……。

僕は我慢できなくなって、彼の唇にそっとキスをする。

それから、彼を起こさないようにしながらその腕の中から滑り出る。

……何やってるんだろ、僕……。
熱くなった頬を手のひらで押さえて、僕はベッドから立ち上がる。
「……あ……」
低血圧もあるけど……それよりも昨夜の余韻《よいん》のせいで、脚に力が入らない。
僕は、ふらりとベッドに座り込みそうになる。
転ばないようにロフトの手すりに摑《つか》まり、それからやっと立ち上がる。
……まったく……！
僕はさらに赤くなってしまいながら、
……こんなふうになるまで許してくれないなんて……！
……今日は、ジムのプールに連れていってもらう日なのに……！
「……あ……」
僕はハッとして、自分のパジャマの襟元を開いて点検《てんけん》する。
……キスマークなんかあったら、プールに行けない……！
思うけど、どうやら見える範囲《はんい》の場所にはキスマークはついてないみたい。
ホッとしたら、自分がとてもお腹《なか》が空いていることに気づく。
……プールに行くのにこのままじゃ、泳ぎながら貧血《ひんけつ》起こしそう。
……雅樹と僕の朝ごはんを……。

思うけど、僕は料理がすごく苦手で。

雅樹に教えてもらいながらだったら少しはできるようになってきたけど、それでも火傷《やけど》をしたり、指を切ったり、お皿を割ったりは……日常茶飯事《にちじょうさはんじ》だ。

……一人で作るのは無謀《むぼう》かなあ……？

僕がまともにできるのは、サラダを混ぜることか、コーヒーをいれることくらい。

……やっぱり無謀だよね。

……着替えて、外の店に買いに出よう！

＊

浜松町《はままつちょう》から羽田空港に向かう、東京モノレール。

その天王洲《てんのうず》の駅から、オフィスビルづたいにすぐ。

お洒落《しゃれ》な高層ビルの最上階に近い場所に、雅樹の住んでいる部屋がある。

天王洲の駅には、コンサートホールや、ショッピングモール、お洒落なホテルなんかが併《へい》設《せつ》されている。このあたりに多いオフィスビルにも、雨に濡《ぬ》れずに行けるようになっている。

東京湾に続く運河に張り出したウッドデッキ。そこからは、向かい側にあるヨットクラブと、そこに停泊《ていはく》するレストランクルーザーを見ることができる。

ウッドデッキづたいに歩いていくと、途中にはイタリア人デザイナーが設計したお洒落なイタリア料理屋さんや、カプチーノを売ってる屋台、オリジナルビールを出すブリュワリーなんかがあって、なかなか楽しいんだ。

今日みたいな日曜日、買い物客やホテルの泊まり客で、このあたりはけっこうにぎわう。

だけど、夜が明けたばかりのこんな早い時間には、人影はない。

木のデッキを踏む僕の足音だけが、静かな朝の空気のなかに響《ひび》いている。

運河《うんが》を渡ってくる爽《さわ》やかな風が、僕の髪を揺《ゆ》らす。

風が含んだひやりとした秋の気配に、もう夏も終わりなんだと気づく。

……プールだけじゃなくて、ジムの屋外ジャクジーにも行かなきゃ……！

高層階にあるジャクジーだから、冬は吹きさらしになってものすごく寒いらしい。

だから、まだ気温があったかいうちに、行きたくて。

……もっと寒くなったら、温泉かな……？

僕は、雅樹と一緒に露天風呂《ろてんぶろ》に入るところを想像して、一人で赤くなる。

「晶也くん！　久しぶりだねえ！」

声がして、僕は慌てて振り返る。そこにいたのは、見覚えのある男の人。たしか……、

「鷹原《たかはら》さん！」

彼は鷹原信斗《のぶと》さん。二十九歳。この気さくさからは想像もつかないけど、実はあの鷹原財閥の御曹司《おんぞうし》で、鷹原グループの社長を務めてる人。

僕がさっきまでいた、雅樹の住んでるあのビルは、実は住居用じゃなくてオフィスビルと

して設計されたものだ（もちろん、住んでいても法律上は問題ないようになっているらしいけど）。

そこに住んでいるのは、あのビルを設計した世界的建築家、黒川圭吾《けいご》さんの息子である雅樹と、そしてあのビルを建てるように依頼した大会社の社長の息子、鷹原さんだけ。

要するに、鷹原さんは、雅樹の唯一のご近所さんなんだ。

……そして……。

「日曜日の朝からこんなところで会う……ということは、昨夜は黒川氏のお宅にお泊まりかな？　相変わらずアツアツだねえ」

楽しそうに言う。

……そう、彼には、僕と雅樹の関係を、ずっと前から知られちゃってるんだよね……。

僕は、思わず赤くなってしまいながら、

「あの……ええと……おかげさまで……」

どう言っていいのか解らずに言うと、彼はいきなり吹き出して、

「あははは、綺麗なだけじゃなくて、君って本当に面白い子だよなあ！」

「お、面白いですか？」

「バカにしてるわけじゃないよ！　すごく素敵っていう意味で……あっ！」

鷹原さんが、僕の肩越しに向こうを見て、声を上げる。思わず振り向くと、そこには……、

「鷹原社長。そろそろお時間ですが」

見とれてしまうような綺麗な顔。キッチリとしたスーツに包まれた、すらりとした身体。

そこに立っていたのは、鷹原さんの秘書、森原智紀《もりはらともき》さんだった。

僕より二つ年上なだけなのに、美人で、有能そうで、僕は彼にけっこう憧れてる。

彼は、鷹原社長に対する時とは別人みたいな優《やさ》しい声で、

「おはようございます、篠原さん」

「……おはようございます、森原さん」

彼の顔に浮かんだ笑みに、僕は思わず見とれてしまう。

ふわりとした茶色の髪、鳶色《とびいろ》の瞳《ひとみ》。彼は本当に綺麗な人だ。

「僕には氷のごとく冷たいくせに、晶也くんにはそんな顔で笑いかけるんだから〜」

鷹原さんが、そのハンサムな顔に似合わない情けない声で言う。

そう。実は、この森原さんのことを、鷹原さんはずっと口説き続けているらしいんだよね。

「その半分でもいいから、僕にも優しくしてくれよ、智紀〜」

鷹原さんの言葉に、森原さんはキュッと形のいい眉《まゆ》をつり上げて、

「智紀ではなく、森原、とお呼びください」

それから、ツン、と横を向くようにして、

「私は、篠原くんがいい子だし、個人的にも好きなので優しくするのです。あなたに優しく

する必要など少しも感じられません」

僕は、悪いな、と思いながらもつい吹き出してしまう。

……一見、仲が悪そうだけど、実はすごく仲がいいみたいなんだよね、この二人。

「さてと。僕は有能な秘書とともに休日出勤だ。それじゃ、晶也くん……」

彼は言いかけて、

「そういえば、木曜日の夜にジムで黒川さんに会った。週末は君をプールに連れてくるかもしれないと言っていた。溺れないようにね。腰がふらついてるよ？」

鷹原さんは楽しそうに言って踵《きびす》を返す。森原さんが微笑んでそれに続き、僕は真っ赤になったまままとり残される。

そう。この鷹原さんと雅樹は、同じ、天王洲にある高級スポーツクラブの会員なんだ。入会金を聞いただけで腰が抜けそうなそこは、すごく設備が整ってて、しかも夜景を見下ろせるジャクジーまであるんだから、すごい。

ゴールド会員である雅樹に同伴してもらえば、僕もすごく安く利用できるらしい。だから彼は、前から連れて行ってくれると言っていた。でも、なんだかんだで、プールにはなかなか行けなかったんだ（だって、雅樹がすぐに僕をベッドに連れていくから！）。今夜こそ、プールと、夜景の見えるジャクジーに連れていってもらうって約束をしていて。

「泳ぎに行くんだから、ちゃんと朝食を食べなきゃね」

二人の後ろ姿を見送って、僕は呟《つぶや》く。

天王洲のこのあたりには、ブリュワリーとか、フランス料理屋さんとか、東京湾の夜景を見ながらカクテルの飲めるレストラン・クルーザーとか……そういう感じの高級な店はたくさんある。あとは、このあたりのオフィスで働く人がランチを食べるようなパスタ屋さんとか。だけど、そういうところは朝が遅いし、日曜日には定休日になってしまうし、週末のちょっとした朝食、なんて時にはけっこう困る。

しかも、このあたりには食料品を売ってる店がない。雅樹に車を出してもらって少し離れた品川《しながわ》の方まで行かないと、スーパーとかが全然ないんだ。歩ける場所にコンビニが二軒だけあるんだけど、コンビニの食べ物は、〆切《しめきり》間近の時のランチですっかり飽《あ》きちゃってるし。

だけど、最近、アメリカ風のサンドイッチ屋さんが朝早くから、しかも日曜日もちゃんと営業しているのを発見して……けっこう便利に使わせてもらってる。

料理を作るのがおっくうな日曜日とかは……最近はたいていここだ。

雅樹と一緒に来て、ここで食べたり、運河を見渡せる桟橋にテイクアウトしたりする。

「セサミパンで、バジルハムとターキーブレスト。エクストラオリーブ」

これは、雅樹のお気に入りの組み合わせだ。

「ハニーウイートのパンで、ベジタブル。オニオン抜き、エクストラトマト」

こっちは僕の分だ。若い男の店員さんは、なぜか頬を染《そ》めて僕を見つめ、

「セサミパンで、バジルハムとターキーブレスト。エクストラオリーブ。ハニーウイートで、ベジタブル。オニオン抜き、エクストラトマトですね？」

店の奥、厨房《ちゅうぼう》の方にいる女の子たちが、僕を見ながらなぜかキャーキャー言っている。目が合ってしまったからなんとなく笑いかけると、さらに黄色い声で叫び、二人はこっちに小さく手を振ってくれる。僕は誰かいるのかな、と後ろを振り返るけど、誰もいない。

……僕……？

僕がわけもわからず小さく手を振り返すと、二人はなぜかとっても喜ぶ。事務所から出てきた店長らしき中年の男の人に怒《おこ》られて、口を尖《とが》らせて、でも僕に向かって笑いかける。

……なんだろう？　明るいお店だなあ。

切れ目の入った細長いパンに、男の店員さんが野菜を山盛《やまも》りに挟《はさ》んでくれている。彼は、

「お客様、店内でお召し上が……」

言いかけて、いきなり言葉を切る。彼の視線は、僕の後ろに固定されている。

……なんだろう……？

後ろで自動ドアの開く音。僕は、別のお客さんが来たから見たんだな、と思いながら、

「ええと、持ち帰りでお願いします」

「は、はい」

言いながらも、彼の視線は僕の後ろに固定されたままで。

厨房にいる女性の店員さんが、僕の後ろを見て黄色い悲鳴を上げる。

「いや～ん、また目撃できるなんて～！」

「わざわざ日曜日のシフトを入れた甲斐《かい》があったわね～！」

ものすごく感激したように叫んで、手を取り合っている。

……何？　芸能人でも来たのかな……？

……ちょっと興味が湧《わ》いてしまうけど、いきなり振り向くわけにもいかないし……？

思った時、僕の後ろでふっと空気が動く。ふわりと微かに鼻腔《びこう》をくすぐる、芳しい香り。

……あっ……。

「その食事は、誰と誰の分？」

耳元に囁かれるのは、聞き慣れた、よく響く美声。

僕はちょっとドキドキしてしまいながら振り向く。そこに立っていたのは、起き抜けの乱れた髪までセクシーな、雅樹だった。

いつも見慣れたスーツ姿じゃなくて、シンプルな綿《めん》のシャツに、カルヴァン・クラインのブルージーンズ。裸足《はだし》に白いデッキシューズ。

休日の彼がたまにする格好だけど、シンプルな服が、彼の肩の逞しさとか、腰の高さとか、うっとりするような脚の長さとかを強調して……めちゃくちゃ格好いいんだ。

僕は一人で赤くなってしまいながら、

「せっかくのお休みですから、ゆっくりなさっていてもよかったのに」

「のんびり寝てなどいられない。その間につれない部下が先に食事を終わらせてしまうかもしれないし」

そのちょっと情けない口調に、つい笑ってしまう。

「ご安心ください。あなたの分もありますよ」

「それはありがたいな。お腹《なか》がペコペコだよ」

言って、胃《い》のあたりを押さえてため息をつく。

会社じゃ、クールで、完璧《かんぺき》で、しかもハンサムな上司としてみんなに憧れられていて。宝飾《ほうしょく》業界では、才能溢《あふ》れる新進デザイナーとして世界中にその名前を知れ渡らせていて。だけど、僕の前でだけは、こんなふうに肩の力の抜けたところを見せてくれる。

……プライベートの雅樹って……、
こんなことを思っては失礼かもしれないけど、僕は思ってしまう。

……なんとなく、可愛《かわい》いんだよね……。

レジの店員さんが会計をしてくれる。お財布《さいふ》を出そうとした僕の手を雅樹がそっと押さえて言う。

「寝坊をしたおわびだ。ここは俺がごちそうする」

「え？　そんな。いいんでしょうか？」

「もちろんだよ、いちおう俺の方が上司だし」

「すみません、ごちそうさまです」

雅樹がお金を払い、僕がサンドイッチの入った袋《ふくろ》を受け取る。

「君のそういう礼儀《れいぎ》正しいところはとてもいいと思うよ」

店を出ながら、雅樹が僕を見下ろして笑いかけてくれる。

「礼儀正しい？　ですか？」

「付き合い始めてからも、きちんと、俺がお金を出した時には、『ごちそうさまです』を言う」

僕は少し驚《おどろ》いて、

「え？　それは普通のことですよね？　親しき仲にも礼儀ありと言いますし」

「もちろんそうだ。だが、最初のときめきを忘れた恋人たちは、相手をまるで自分の所有物のように扱《あつか》いがちだ。そういう普通の礼儀も忘れてしまうだろう」

雅樹は、空《あ》いている方の手でさりげなく僕の肩を抱いて、

「俺は恋人である君にはいつでもごちそうしたい。好きでやっていることなので、別に感謝されなくてもいい。もちろん、お礼の言葉を強要しているわけではない。だが……」

あたりにひとけがないことを確認してから、僕の髪にキス。

「……君といると、とても心地いいよ」

その囁き声と間近な体温に、僕は赤くなってしまう。それから、ふと思い出して、

「……ああ、やっとわかりました」

「何が？」

「さっきのサンドイッチ屋さんで、どうして女の子たちが僕を見てとっても喜んでいたか」

僕は、横目で雅樹を見て、

「僕が、雅樹と一緒に来るって憶《おぼ》えていたんですね。だから、僕の後から雅樹が来るんじゃないかって思って、喜んでいたんです」

「そうかな？」

雅樹は僕を横目で見返して、

「君が綺麗だからじゃないのか？　もしかして、目が合ったら笑い返したりしていない？」

「え？」

僕は驚いて、

「目が合ったら、誰でも笑い返しますよね？」

言うと、雅樹はため息をついて、

「全然自覚がないんだから。本当に危なっかしい子だ」

僕は少し考えるけど、なんのことだかよく解らない。

「自覚というのは……ええと、何に対する自覚ですか？　言っていただければ、僕……」

言うと、雅樹は可笑《おか》しそうに笑って、

「直さなくていいよ。その自覚のないところが可愛いところでもあるから」

……うーん、なんとなく、『ダメなやつ』って言われてるような……？

「ただ、いつでも守ってあげられるように、あまりにも遠くには行かないこと。いいね？」

彼の甘い声に、僕は思わず赤くなる。

……そんなに甘やかされたら、もっとダメになりそうな気がする……。

MASAKI　1

「こうやって景色を見ながらお風呂に浸《つ》かるのって、本当に気持ちがいいですね」

ジャクジーに浸かった晶也が、うっとりと言う。

ここは、俺がいつも通っているスポーツジム。俺の部屋からはビルを数本隔《へだ》てただけの場所、天王洲のオフィスビルの最上階にある。

このジムを経営している会社の人間が大学時代の友人で、ここのゴールド会員権をプレゼントしてくれた。だが、普通ならば数百万円単位の入会金と、数十万円の月会費を払わない限り、この施設《しせつ》は利用できないらしい。

天王洲という目立ちにくい場所にあるせいか、一般の人は少ない。芸能人や、金持ちの外国人、そして会社の金で通える大企業のエグゼクティブなどが多いようだ。

ここはマシンジムのほかに、ワンフロアを占める広いプール、そしていくつかのジャクジーがある。東京湾を一望《いちぼう》にできる、この屋外のテラスジャクジーが一番人気だ。

金曜の遅い時間には、会社帰りのエグゼクティブや、一泳ぎしてバーに行く前に女の子を口説く芸能人で、このジャクジーは満員になる。

大事な晶也をほかの手の早そうな男女と混浴させることなどもってのほかなので、俺は晶也を連れてくるなら金曜日の夜以外、できるだけ空いていそうな時間を選ぼうと決めていた。

日曜は空いているだろうという読みが当たり、今夜、ここには俺と晶也の二人きり。

星空の下、レインボーブリッジを映《うつ》して煌《きら》めく東京湾。

その向こうに瞬《またた》く、地上の星のような都会の夜景。

ジャクジーを照らすロマンティックな間接照明が、晶也の美しい横顔を浮かび上がらせる。

「僕みたいな庶民が、こんな贅沢していいのかなって思ってしまいます」

晶也は少し緊張《きんちょう》したように言い、それから可愛く笑って、

「でも。すごく素敵だから、せっかくだし、楽しんじゃいます」

「ここには、女性を口説くための背景としてしか夜景を使えない人間がたくさん来る。君のように楽しそうにしている人にこそ、ここからの夜景は相応《ふさわ》しい」

晶也は微笑《ほほえ》んで、また夜景に目を移す。

湯気《ゆげ》の向こうの美しい横顔。すんなりとした首筋から肩へのライン。

ほんのりと上気した肌、平《たい》らな胸の先端に色づく桜色《さくらいろ》の胸の飾り。

……これは、ただ、並んでお湯に浸かっているには……、

「……この光景は、あまりにも色っぽすぎる」

言うと、晶也は不思議そうに俺を振り向く。

「……ガラスの向こうにジムがなかったら、このまま抱き寄せたいくらいだ」

「え？　あっ！」

晶也は俺の視線に気づき、カアッと頰を赤くする。

「……ま、雅樹ったら……！」

言って、恥《は》ずかしそうにそのまま鼻の上までお湯に沈《しず》み込む。俺は、

「大丈夫だよ。こんなところでまで襲《おそ》いかかったりは……」

言いかけたところで、いきなり、屋内に続くガラスドアが開く音がした。

「よお、晶也くん、また会ったね！　お、黒川さんも一緒？　デートか！　いいね～え！」

聞こえた大声に、俺と晶也はその格好のまま固まった。

これは、唯一、俺と同じビルに居《きょ》を構えている、あの鷹原氏の声で。

ペタペタペタ、と木のデッキを勢《いきお》いよく走ってくる音がして、
ドブン！

広いジャクジーの向こう側に、いきなり彼が飛び込む。

「……うぷっ……！」

お湯に潜《もぐ》りかけていた晶也が、溺《おぼ》れそうになっている。

もがく彼を、俺は慌てて引き上げてやる。

……まったく！

……悪い男ではないようだが……このぞんざいなところが、意中のハニーをゲットできない理由の一つなのでは……？

飛び込んできた鷹原氏は、お湯で濡らしたハンドタオルを頭に載せると、

「くうう～！　やっぱり風呂は露天が一番だなあ～！　あ～あ、智紀を温泉に連れてきたいなあ～！」

ハンサムな顔に似合わないその仕草に、俺と晶也は顔を見合わせ、思わず笑ってしまう。

……彼にも、早くハニーとの甘い日々が訪《おとず》れるといいのだが。

＊

鷹原氏のおかげで、ロマンティックな夜は、ただの露天の男風呂のようになってしまい。

盛り上がってしまった俺たちは、つい長湯をしてしまった。

そのせいで、晶也の頬はまだ子供のように可愛らしく紅潮《こうちょう》したままだ。

「また来たいです。今度はあなたにバタフライを教えてもらわなきゃ」

更衣室で身体を拭《ふ》きながら、晶也が楽しそうな声で言う。俺は、

「教えるのはいいが、今夜の君次第で、明日はムリかもしれないよ？」

言うと、晶也は赤くなり、とても色っぽい横目で俺を睨《にら》んで、

「今夜は、キスマークがつくような行為は禁止ですよ？」

……そんな顔をされて、我慢できるわけがないだろう……？

「さあ。……努力はするけれど、約束はできないな」

バタフライの練習は……きっと、晶也の身体のキスマークが消えた頃だろう。

ジュエリーデザイナーのとんでもない休日

MASAKI　1

それは、本当にとんでもない休日だった。

俺と晶也《あきや》は、荻窪《おぎくぼ》にある晶也の部屋で、食事をしていた。

その日は、エアラインに勤《つと》めている晶也のお兄さんが、東京に来る日で。

もうすぐ彼の飛行機が到着する、そろそろ退散《たいさん》しないと鉢合《はちあ》わせをしてしまうな、と思いながらも離れがたくて。

俺は、我慢《がまん》できなくなって晶也を引き寄せた。

晶也は、仕方ないなあ、という顔で、しかし可愛《かわい》く頬《ほお》を染めながら目を閉じ……。

その時、ついたままになっていたテレビから、臨時《りんじ》ニュースを知らせる、ピンポン、という音が聞こえた。

晶也はビクリと身体を震《ふる》わせ、テレビを振り返る。

身内にエアラインの関係者がいる彼は、いつでも臨時ニュースの音をとても怖《こわ》がる。

まさかと思いながらも、事故のニュースが流れないかどうかを心配しているのだろう。

画面の上を、小さな字のテロップが流れていく。

『アメリカーナ・エアライン709便　ニューヨーク発　東京行きが……』

「……え？」

晶也が、見間違いだろう、という顔でテレビに近づく。

『……太平洋上で　操縦不能の模様《もよう》』

……アメリカーナ・エアライン……？

俺も、そのテロップを見ながら、固まった。

それは、晶也の兄、慎也《しんや》氏が勤務している航空会社で。

……しかも、東京行き……？

「晶也、慎也さんの乗った便名は……？」

呟《つぶや》いた声が、かすれてしまう。晶也は呆然《ぼうぜん》と画面を見つめたまま、

「……709便……兄さんの乗っている飛行機です……」

『アメリカーナ・エアライン709便ニューヨーク発東京行きが、太平洋上で操縦不能に陥った模様。詳細が解り次第……』

ゆっくりと流れるテロップを見つめたまま、俺と晶也はそのまま硬直した。

……まさか、こんなことが……。

＊

晶也はすぐに実家に電話をかけた。母親を励《はげ》まし、出先でまだ連絡のつかない父親の代わりに自分が成田空港に行って無事を確かめる、と言い、そのまま俺の車に乗り込んだ。

成田空港に向かう車の中、晶也は前を凝視《ぎょうし》したまま、カーラジオの音だけに耳を傾《かたむ》けていた。

ニュースの『操縦不能』は、十分ほどで、『成田空港に胴体着陸《どうたいちゃくりく》の予定』に変わった。

膝《ひざ》の上で祈るように固く組み合わされた晶也の白い手が、微《かす》かに震えているのに気づく。

俺は運転しながら片方の手を伸ばし、彼の手を握《にぎ》ってやる。

「……大丈夫。大丈夫だよ」

言うと、晶也は前を見つめたままでうなずき、すがるように俺の手を強く握り返してきた。

心の中で祈り続けながら成田空港に向かう俺たちの耳に、カーラジオは、淡々《たんたん》と、『アメリカーナ・エアライン709便は胴体着陸に成功』と伝えてきた。

晶也は、俺の手を痛いほど握りしめながら、次の臨時ニュースが入るのを待ち……、『アメリカーナ・エアライン709便　死傷者《ししょうしゃ》はゼロ　全員無事』というニュースが流れた時、晶也は深い深いため息をついた。俺の手を額《ひたい》に強く押し当て、震える囁《ささや》き声で、

「……よかった……」

俺たちは、本人の無事をこの目で確かめるために、そのまま成田空港に向かった。

＊

成田空港。乗客と乗務員の家族のためにアメリカーナ・エアラインが用意した部屋に、俺と晶也は立ち尽くしていた。

家族の人々はすぐにここで乗客と再会し、その無事を喜びながら次々に帰っていった。最初は部屋に溢《あふ》れていた人々も、もう一人も残っていない。

晶也は、慎也氏の顔を見るまで安心できないらしく、蒼白《そうはく》な顔をして唇を噛《か》んだまま、ドアの方を見つめている。

いきなり、開いたままのドアから、エアラインの制服を着た人物が姿を現した。

「……晶也！　黒川《くろかわ》さん！」

彼は少し驚いたように言い、部屋を横切ってこちらに歩いてくる。

男らしく端整な顔立ち、艶《つや》やかな茶色の髪、そして晶也と同じ煌《きら》めく琥珀色《こはくいろ》の瞳《ひとみ》。

胸に金色のウイングマーク。紺色《こんいろ》のキャビン・アテンダントの制服を凛々《りり》しく着こなした彼は……晶也の実の兄、篠原《しのはら》慎也氏だ。

彼の制服は少しも汚れていなかったし、髪もきちんと整えられている。

彼の、いつもどおりの凛《りん》とした姿を見て、俺は座り込んでしまいそうなほど安心する。

「……ここに来るまでの間、ずっとラジオで事故の状況を聞いてたんだよ」

晶也は、慎也氏を見つめたまま、微かな声で言った。

「……最後に、全員無事だったって聞けたけど、顔を見るまでは心配で」

言って、晶也は、いきなりその美しい目から涙を零《こぼ》した。

「……無事でよかった」

晶也は言って、慎也氏に駆け寄り、そのまま彼に固く抱きついた。

慎也氏は、晶也を腕に抱きしめ、

「おれは無事だよ。無事に決まっているだろう？」

愛《いと》おしげに囁いて、その髪に頰を押しつける。

それからふと顔を上げ、俺に笑いかけ、

「晶也が、悪い男にキスより先のことをされたりしないように、これからもしっかり守らなきゃいけないからね」

俺は、いつもより少し優《やさ》しい彼の笑顔に、また安堵《あんど》する。

晶也は、精神的にそうとうまいったのか、ぐったりと慎也氏にもたれかかったままだ。

「明日は休めるように手配しておくよ。今夜はお兄さんと一緒に、ご両親の待つ実家に帰ってあげなさい」

俺が言うと、晶也は、深い感謝の色を浮かべた目で俺を見上げて、

「ありがとうございます」

涙のあとの残る頰に、あたたかな笑みを浮かべてくれる。

俺は、慎也氏が無事だったこと、そして晶也に笑顔が戻ったことを、本気で神に感謝する。

「ヤホー。おれのこと、だーれも目に入ってないみたいだね？」

ドアの方から声がして、俺たちはやっとそこに人が立っていたことに気づく。

慎也氏と同じエアラインの制服。背が高く、とても端整な顔をした彼。

……初対面のはずだ。だが、どこかで見たことが……？

「ロバートさん！」

晶也が嬉《うれ》しそうに言う。ロバートと呼ばれた彼は部屋を横切って近づいてきて、

「やあ、アキヤ。おおー、ますます色っぽくなったなあ～！」

晶也に抱きつこうとして、慎也氏に冷たく押しのけられている。

「ああ～、ひどいよ、シンヤ～。さっきまで、怖いっておれにしがみついてたくせに……」

「嘘《うそ》をつくな！　誰がそんなことをするか！」

……ロバート？　もしかして……？

ロバートと呼ばれた彼が、ふと顔を上げ、

「あ、女王様のご機嫌が悪いのは、あなたのせい？　あなたが黒川さんだよね？」

言って、俺に右手を差し出し、

「初めまして、ロバート・ラウです。あなたの同業者であるアラン・ラウの弟と言った方がわかりやすいかな？」

アラン・ラウとロバート・ラウの兄弟は、香港《ホンコン》出身の大富豪《だいふごう》、ラウ家の人間だ。

静謐《せいひつ》な美貌《びぼう》のアランと比べて、このロバートはどこか豪放《ごうほう》なイメージがある。しかし、完璧《かんぺき》に整った彫りの深い顔立ち、そして何より、いかにも育ちのよさそうな上品な身のこなしが……よく見ればとても似ている。

現当主のアランは、俺と晶也が勤めるガヴァエッリ・ジョイエッロと並ぶ高級宝飾店、A＆Y社をはじめ、たくさんの企業を経営する実業家だ。

そして、俺の晶也に恋をし、晶也をA＆Y社に引き抜こうとしたことのある男でもある。

「ああ～、そんな怖い顔をしないで！　アキヤに迫《せま》ったのは、おれの兄貴！　おれの目当ては彼のお兄さんのシンヤですから、安心して！」

慎也氏は、怒ったようにその眉《まゆ》をつり上げて、

「ロバート。バスがなくなるから、さっさとステイ先のホテルに行ったらどうだ？」

「シンヤも一緒にホテルに行こう。今夜は身も心も一つになって、無事を喜び合おうよ」

ロバート氏が、慎也氏の肩をさりげなく抱いて、囁きで、

「あれはどう見てもラヴラヴ甘々の恋人同士だな……うぐっ！」

慎也氏の肘《ひじ》が、ロバート氏のみぞおちに食い込んでいた。呻《うめ》くロバート氏に、

「おれは帰る。ホテルに行かないのなら、オフィスに行って報告書でも書くんだな」

容赦《ようしゃ》なく言《い》い捨《す》て、晶也の肩を抱く。ロバート氏に対する時とは別人のような優しい声で、

「帰ろう、晶也。おまえが迎えに来てくれて本当に嬉しいよ」

「シンヤ〜」

晶也は、情けない声で言うロバート氏を心配そうに見ながら、

「兄さん、ロバートさんを置いていったら可哀想《かわいそう》だよ。ホテルまで送ってあげれば？」

「車ですから、彼も一緒にお送りしますよ」

俺が言うと、真也氏は肩をすくめ、

「放っておいていいんです。図に乗るので」

「シンヤ〜。おれも一緒に車で行きたいんだけど〜。事故の後でけっこう疲《つか》れてるし〜」

情けない声で言うロバート氏を振り返り、慎也氏はため息をついて、

「本当！　に仕方がないな！　……ホテルまでお願いできますか、黒川さん？」

「ええ、もちろん構いませんが……」

喜んでまとわりつくロバート氏を、慎也氏が容赦なく押しのけている。

……妙にいいコンビに見えるのは、気のせいだろうか……？

俺は、なんとなく微笑《ほほえ》ましい気分になる。

＊

成田空港からほぼ一時間。晶也の家の近くの道路で、俺は車を停めた。

「黒川チーフ、せっかくだから上がっていってください」

晶也が言い、それから少し緊張《きんちょう》したような声で、

「父さんは遅くならないと戻れないらしいんですが……母さんは家で待ってます。母さんを紹介します」

その言葉に、俺は年甲斐《としがい》もなくドキリとする。

……晶也の……母上……。

俺は、自分の父親にゲイであること、そして晶也を生涯《しょうがい》の伴侶《はんりょ》にしたいことをカミングアウトしている。現在の母親……父親の三度目の結婚相手……のしのぶさんにも、同様だ。

二人が俺と晶也のことを完全に許しているとはとても言いがたいが、父親もしのぶさんも晶也をとても気に入っていて、とりあえず反対はせずに様子を見てくれているという段階だ。

だが、晶也は、俺とのことを、まだご両親にカミングアウトしていない。

彼の兄の慎也氏だけでなく、ご両親も、可愛がっている晶也が結婚し、子供が生まれることをとても楽しみにしている。

……もしも晶也が、女性と結婚するつもりはなく、男である俺と将来を誓《ちか》おうとしていると知ったら……。

俺の心がズキリと痛む。

……きっと、とてもショックだろう……。

晶也には、家族のそんな気持ちが痛いほど解るのだろう。できれば彼らにも祝福して欲しい、と言って、機会を待っている。

晶也は、まだ社会人になったばかりだし（会社に入ってからはすでに数年が経《た》っているが、ジュエリーデザイナーとしてはまだまだ駆《か》け出《だ》しの部類に入る）、きちんと独《ひと》り立ちできる自信がついてから、堂々とカミングアウトしたい、と言ってくれている。

……その時、まだ俺のことを愛してくれていれば、だが……。

俺は、心の中で自嘲《じちょうてき》的に笑う。

……本当は今すぐにでも、俺と晶也を知っているすべての人間に、『晶也を生涯の伴侶にする』とカミングアウトしたい。

……『晶也は俺だけのものだ』とすべての人間に宣言してしまいたい。

……そして、晶也をもうどこにも逃げられないようにして、そのまま俺だけのものとして、どこかに閉じ込めてしまいたい。

……そして、祝福してもらえたら、どんなに幸せだろう。

俺の心が、またズキリと痛んだ。

……その夢は、本当にかなうのだろうか……？

「行ったら、君の母上に気を使わせてしまう。きっとお疲れだろうし」

俺が言うと、慎也氏が少し考えるように俺の顔を見つめる。それからうなずいて、

「そうかもしれませんね。……晶也、紹介するのはまた次の機会に……」

言いかけた時、晶也が何かを見つけたように前の方に身を乗り出し、

「あっ！　でんちゃん！」

叫んで、ロックを外《はず》して後部ドアを開き、車を飛び出していく。晶也は空《あ》き地《ち》の草むらにしゃがみ込み、暗がりに向かって手を伸ばしている。俺は、

「……でんちゃん？」

少し呆然としながら、

「ええと……ご実家で飼《か》っていらっしゃる、猫《ねこ》のデルフィーヌ嬢《じょう》、ですか？」

言うと、慎也氏は肩をすくめながらシートベルトを外し、ドアを開きながら、

「よくご存じですね。……でんちゃんがいるということは、うちの母も彼女を捜して飛び出してきますよ。母は客をもてなすのが大好きなうえに面食いなので、あなたは気に入られて引き留められます。しばらくすれば父も帰ってくるでしょうから、いきなりご対面になりますが？」

「……今回は、対面はあきらめます。そろそろ失礼します」

「このまま晶也のこともあきらめてもらえると、うちの家族はこれからも平穏《へいおん》な毎日を過ごせるのですが」

慎也氏は、強い視線で真《ま》っ直《す》ぐに俺の顔を見つめる。俺は彼を真っ直ぐに見つめ返して、

「……それはできません」

俺と慎也氏は、そのまま相手の目を見つめ合う。

車のライトに照《て》らされた晶也が、何か白くて大きなフワフワとしたモノを抱き上げる。俺はそちらを向き、

「……あれは、猫……ですか？」

思わず言ってしまう。

尾がとても長いせいか、普通の家猫よりも一・五倍は大きい気がする。

華奢《きゃしゃ》な晶也の腕に抱かれると、白い毛皮を持つ山猫でもあるかのように見える。

「でんちゃーん」

晶也が蕩《とろ》けそうな顔をして、その長く白い毛皮に頬をつける。

「迎えに来てくれたんだね。いい子だなあ」

愛おしげに頬ずりをしてから、重そうなその猫を抱えてこちらに歩いてくる。

「黒川チーフ。家族の一員を紹介します。デルフィーヌ・篠原。通称でんちゃんです」

多分ペルシャであろうその猫は、真っ白でフワフワした美しい毛皮を持っていたが……そこには、たくさんの枯《か》れ草《くさ》や草の種が付き、その足は泥《どろ》まみれになっている。母上に見つからないように家を抜け出し、空き地の草むらで遊んでいたのだろう。

「でんちゃん、これが僕の働いている会社の黒川チーフ。すごいハンサムでしょ？」

晶也が楽しそうに言う。デルフィーヌ嬢は、その緑色の目で俺を見上げ、

「ニャアーン」

その大きな身体《からだ》に似合わない仔猫《こねこ》のような声で鳴く。その声に妙《みょう》に愛嬌《あいきょう》があって、俺は思わず微笑んでしまう。

「よろしく。……彼女を撫《な》でても失礼に当たらない？」

晶也に言うと、彼はうなずいて、

「でんちゃんは撫でられるのが大好きだから、大丈夫です。でも尻尾《しっぽ》には触らないで」

猫を飼った経験がなく、撫でたことすらほとんどない俺は、妙に緊張しながら手を伸ばしてその頭をそっと撫でる。彼女は俺の手に頬を擦《こす》りつけるようにしてから、首を反《そ》らす。

「顎《あご》の下を撫でろ、だそうです」

晶也が楽しそうに言う言葉にうなずいて、俺はその顎をそっと撫でてやる。

デルフィーヌ嬢は目を閉じて、息だけで、フニャ〜、と鳴く。ゴロゴロと喉《のど》を鳴らす振動が、指に伝わってくる。

山猫のように大きいが、人なつこく、とても無邪気だ。

「……可愛いな」

俺が思わず言ってしまうと、晶也は嬉しそうに、

「警戒心はあまりないけど、初めての人にこんなに喉を鳴らしたりは普通しないんです。……僕が好きな人だって、わかるのかな？」

言ってから、ふと頬を赤らめる。俺と晶也の視線が、甘く絡み合う。慎也氏が、コホンと

咳払《せきばら》いをして、

「ああ〜、晶也！　母さんが心配するから、そろそろ行くぞ！」

「あ、うん！」

晶也はデルフィーヌ嬢を抱き直し、それから俺の顔を見上げて、

「今夜は、本当にありがとうございました。……おやすみなさい、また会社で」

とても優しい笑みを浮かべる。

「おやすみ。……また、会社で」

俺は、キスを交《か》わせないことを残念に思いながら言う。慎也氏が、真面目《まじめ》な顔で俺を見つめる。

「今夜は本当にありがとうございました。……おやすみなさい」

丁寧に言って、カートを引いていない方の手で晶也の肩を抱き、踵《きびす》を返す。

二人の後ろ姿。木立の向こうに、あたたかな晶也の家の明かり。

俺はその光景を目に焼き付け、踵を返す。

いつかまたここに来て、カミングアウトできることを願いながら。

真冬のジュエリーデザイナー

ＡＫＩＹＡ

僕らは並んで横たわったまま、枕元の時計を見つめている。

そして、秒針《びょうしん》が十二時のところを通過して……。

「……明けましておめでとうございます、雅樹《まさき》」

囁《ささや》いた声がエッチな感じにかすれてることに気づいて、僕は赤くなる。

「……明けましておめでとう、晶也《あきや》」

暗がりに、彼の低くてセクシーな声。

衣擦《きぬず》れの音がして、唇に柔らかなキスの感触。

これは……今年最初のキス。

キスを交《か》わしながら、彼の裸《はだか》の腕が、僕をそっと抱きしめる。

今年最初の、優《やさ》しい抱擁《ほうよう》。

お正月、一月一日。普段は忙しい父さんも兄さんも、なんとか今日は休みが取れたらしい。

だから、夜が明けたら、僕はこの部屋を出て、実家に帰らなきゃいけない。

でも今だけは……今年最初の、甘い甘い時間を味わっていたいんだ。

ここは、天王洲《てんのうず》にある彼の部屋。壁《かべ》一面に取られた大きな窓からは、煌《きら》めく東京湾の夜景。絶妙な角度のレインボーブリッジを見下ろせる、ものすごくリッチな空間だ。

パーティーが開けそうな広い広いリビングの上、パンチングメタルの階段を上るとそこにはロフトがあって。ロフトには、しっかりとしたキングサイズのベッドがあって。

その広い広いベッドの上に、僕らはいる。

大晦日《おおみそか》にこの部屋に来て、一年の締《し》めくくりとか言いながら抱き上げられ、ベッドに運ばれて……そのまま、容赦《ようしゃ》なく喘《あえ》がされてしまったんだよね。

僕の名前は、篠原《しのはら》晶也。ガヴァエッリ・ジョイエッロっていうイタリア系宝飾品会社に勤める駆《か》け出《だ》しのジュエリーデザイナー。

「お正月休みが一月二日までなんて信じられない。三日から会社では、少しもゆっくりできないよ」

彼が怒った声で言って、僕は思わず笑ってしまう。

彼の名前は、黒川《くろかわ》雅樹。同じ会社の上司、そして世界的に有名なジュエリーデザイナー。

その二人がどうしてベッドに並んで、シーツにくるまって、しかもシーツ一枚の下は二人とも生まれたままの姿、なんてことになってるかっていうと……雅樹と僕はただの会社の上司と部下じゃなくて……世を忍ぶ、恋人同士なんだよね。

雅樹はため息をつき、それからふといいことを思いついたように笑みを浮かべて、

「仕事が一段落したら、君と二人で温泉に行きたいな。……温泉は好き？」

「……温泉、ですか？」

その提案がなんだかすごく嬉《うれ》しくて、弾んだ声が出てしまう。

見上げると、息が触《ふ》れそうなほど近いところに、彼のハンサムな顔。

超高級ホテルとか、スイスのスキー場とかが似合いそうな、リッチな雰囲気《ふんいき》。

彼のお父さんの圭吾《けいご》さんから聞いたところによると、雅樹がまだ小さい頃には、冬休みはスイスのリゾートでスキー三昧《ざんまい》！　なんて贅沢《ぜいたく》なこと、本当にしてたみたいだし……、

「温泉はあまり好きではない？　それなら別の場所でも……」

僕の沈黙《ちんもく》を誤解《ごかい》したのか、彼が言う。僕は慌てて、

「すごく好きです！　温泉に入って、浴衣《ゆかた》を着て、熱燗《あつかん》、とかすっごくステキです！　ただ……」

僕は少し笑ってしまいながら、

「こんな……ハーフっぽいルックスのあなたの口から『温泉』なんて言葉が出るのって……なんだかフシギな感じで……」

「俺はとても好きだよ。露天風呂《ろてんぶろ》も、浴衣も、熱燗も。それに……」

僕の身体にまわした腕を引き寄せ、僕をきゅっと抱き寄せて、

「君の湯上がりの浴衣姿が……ぜひとも一度、見てみたい。……とても色っぽいだろうな」

その黒曜石《こくようせき》みたいな美しい瞳《ひとみ》、セクシーな眼差《まなざ》し。

真《ま》っ直《す》ぐに見つめられるだけで、頬《ほお》が熱くなる。

「……お、男の僕の浴衣姿なんて、色っぽいわけないです！」

「……絶対に色っぽいよ」

少しからかうように笑われて、僕は、

「でも、あなたと一緒に温泉には入りません！　温泉に入る時は別々で！」

彼は目を丸くして、

「どうして別々にしか入れないのかな？　男同士なのに？」

「男同士だから！　です！　あなたと一緒に露天風呂になんか入ったら、お湯の中でエッチなコトされそうですから！」

彼は、わざと大げさに驚いた顔をしてみせて、

「お湯の中で？　君は『露天風呂』という言葉でそこまで想像してしまったのか？」

言われて、僕はボボッと真っ赤になってしまう。

「あっ、ちがっ！　だってあなたってお風呂の中でよくエッチなコト……」

「それは二人きりだからね。だけど……ほかの人間が来るかもしれない場所で……？」

「……やっ、ちがいます、そうじゃなくってっ……！」

アセりまくる僕を、彼はすっごくイジワルな顔で笑いながら見つめて、

「そんな天使のように可愛《かわい》い顔をして……本当にエッチな子だな」

「ち、ちがいますってば！　そうじゃなくて！」

恥《は》ずかしくて、真っ赤になって逃げようとする僕を、彼の腕がしっかりと抱き留める。

「それじゃあ……俺も、想像していい？」

耳元で囁かれて、そのあまりに甘い声に、僕の腰からふわりと力が抜けてしまう。

……ああ、どうして……？

……こういうのを腰にくる声っていうのかな……？

「お湯に濡《ぬ》れてピンク色になった、君の耳たぶとか……」

背中にあった彼の手が、ゆっくりと肌を滑り上がる。

彼の長くて美しい指が、僕の耳たぶに触れ、形をそっと辿《たど》っている。

「……あ……」

さっきまでの快感の余韻《よいん》に、体温がクッと上がってしまう。

「……お湯に濡れた、君の首筋とか……」

彼の指が首筋を滑り下りる。僕の身体《からだ》が思わずピクンと震えてしまう。

「……あんっ……」

「……いつもは透《す》き通るように白いのに、ほんのり上気した君の肌とか……」

彼の手が、まるで美術品でも扱うかのように、大切そうに、僕の胸を滑る。

「……んんっ……」

「いつも慎《つつ》ましやかな薄い珊瑚色《さんごいろ》なのに、お湯であたためられて色っぽいピンクになった君の……」

彼の滑らかな指先が、僕の胸の飾りのまわり、触れるか触れないかのあたりに、円を描く。

「……あっ、やあ……っ……」

僕の肌の上に、何度も優しいキスをしながら、

「……君の可愛い……ここ、とか……」

囁いて、わざとじらすみたいに、ゆっくりと僕の乳首に顔を寄せていき……、

「……あっ、そこはだめ……雅樹っ……」

視線だけで、乳首が尖《とが》っていくのが解《わか》る。

僕は慌てて逃げようとして、彼の肩に手をついてかぶりを振る。

……だって、何時間もかけて愛されてた僕のそこは、すごく感じやすくなっていて……、

……先がシーツに擦《こす》れてるだけでも、さっきから、ちょっとおかしくなりそうで……、

「……どうしてダメなの？　もっと、っていうみたいにこんなに尖《とが》っているよ？」

「……ああ、もうだめです、そこは……っ」

そっと含まれ、チュッと音をたてて吸い上げられて、僕の背中が反《そ》り返ってしまう。

「……や……んんっ！」

声を上げ、押し返そうとしていたはずの彼の肩に、思わずすがりついてしまう。

スキのできた僕の身体を、彼の腕がぐっと引き寄せる。

「……露天風呂で、喘がせてみたい。冷たい空気に響《ひび》く君の声、すごく淫《みだ》らだと思うよ」

囁きながら舌で愛撫《あいぶ》されて、僕はもう何も考えられなくなってくる。

「……やっ、そんな……あ、あっ！」

彼の指が、僕の脚の間の谷間を滑っている。

「……だめっ、だめです……ああっ……！」

……って、口では言うけど、僕の身体には、もう力なんか入らなくて……。

彼の指が蕾《つぼみ》に滑り込んでくるのを防ぐことなんか、全然できなくて……。

「……すごく熱い。お湯に入っているわけではないのに」

さっきまで彼を受け入れていた僕の蕾は、花弁《かべん》のまわりを辿られただけで、待ちこがれたみたいに熱くなっちゃって……、

「……ああ……だって、だって……！」

さっきの彼の余韻でまだしっとりと濡れているそこに、彼の指がキュッと滑り込んでくる。

「……くうっ……んっ……！」

そのまま、クチュ、と侵入されて、僕は声も出せずに仰《の》け反《ぞ》った。

「……とても熱い。本当に、お湯であたためられたみたいだ」

すごくセクシーな声で囁いて、彼の美しい指が、僕の熱を内側から確かめる。

「……ああ、んっ！」

「……それに、とてもキツい……」

彼の指は、僕の身体の隅々《すみずみ》まで、僕本人よりもずっとよく知り尽くしている。

「……指をこんなに締めつけてくる。まるで、また、欲しがっているみたいだよ……？」

彼の指にしなやかに探られて、僕は弱い場所を探り当てられないように、身体をずらして必死で逃げようとする。

「……やあ、いや……！」

だけど彼は、僕の一番敏感《びんかん》な場所を、いとも簡単《かんたん》に探し当ててしまう。

まるで牙《きば》を喉元《のどもと》に突きつけるようにきゅっと指を押し当てられて、僕は追いつめられた獲《え》物《もの》みたいに動けなくなる。

「……だめ、そこはだめ……雅樹……！」

蚊《か》の鳴くような声で言って、わずかにかぶりを振るけど、雅樹は知らないフリで、

「……ん？　何がダメ……？」

囁きながら、その場所の上をわざとそっと愛撫《あいぶ》する。

「あっ、あっ、あぁーっ！」

僕はぎゅっと目を閉じ、思わず彼の肩にすがりつく。

「……あっ、お願い、雅樹……！」

「……ん？　何をお願いしたいのか、ちゃんと言ってごらん……？」

「……あっ、いや、恥《は》ずかしい……から……！」

「……恥ずかしい？　でも、言ってもらわないと、わからないよ……？」

すごくイジワルな声で囁かれ、どうしようもなくなるほどジラされて。

僕の閉じた瞼《まぶた》の隙間《すきま》から、涙が零《こぼ》れた。

「……ああん……雅樹……あなたが……あなたが欲しい……っ！」

「……ん？　じゃあ、温泉に行ったら、一緒に露天風呂に入ってくれる？」

僕は涙を振り零しながら、必死でうなずいて、

「……入るっ……入りますっ……だから……！」

切れ切れに言った僕に、彼は満足げに笑って、

「いい子だ。……よく言えました」

唇に、ごほうびみたいなキス。僕は目を開け、彼の顔を見上げながら思う。

……こんなにイジワルで、こんなにエッチなのに……。

彼は、なんだか苦しげに見えるほどセクシーな顔で、僕を見つめていた。

……ああ、彼は、なんて素敵なんだろう……。

それから、唇で、僕の頬を流れた涙を、そっと吸い取ってくれる。

「……愛しているよ、晶也……今年初めての君を、奪ってもいい？」

真剣な声で囁かれ、真っ直ぐに見つめられて、胸が熱くなる。

「……愛してます、雅樹……今年初めてのあなたを、確かめさせてください」

だんだんと深くなるキスをして、僕らは甘く、激しく、求め合った。

彼の香り、彼の速い鼓動、滑らかな肌、熱い体温。

僕は彼を感じながら、何もかも忘れた。

彼は、その逞《たくま》しい彼自身で、僕の身体の彼だけのものであるという印を刻み……。

それは、今年最初の……。

それから僕らは、夜が明けるまでお互いを確かめ合ったんだ。

二人だけの温泉旅行は、どんなにロマンティックだろう、と夢見ながら。

だけど、まさか、二人きりのロマンティックな温泉旅行のはずが、単なる温泉&大宴会《だいえんかい》つきの職場の慰安《いあん》旅行になるなんて、そしてあんな事件が起き、お仕置きとしてアンナコトまでされちゃうなんて……僕はその時、夢にも思わなかったんだよね。

ジュエリーデザイナーの初夢は

ＡＫＩＹＡ

雅樹《まさき》の部屋のドアには、その音が嫌いだという理由から、呼《よ》び鈴《りん》がない。

僕は、少し緊張しながら、ドアを叩《たた》く。

今日は一月一日の夜中……あと数分で一月二日になろうという時間だ。

＊

今朝。夜が明けるか明けないかの時間に、ＪＲの品川《しながわ》駅まで、雅樹に送ってもらった。

大晦日《おおみそか》から二十四時間で運行しているＪＲに、後ろ髪を引かれる思いで飛び乗った。

電車は、こんな時間なのに、初詣《はつもう》で帰りの人々でけっこう混み合っていた。

着物姿の女の子たち。破魔矢《はまや》を持って寄り添《そ》うカップル。

眠そうな顔で、でも楽しそうにはしゃぐ彼らを見ていたら、雅樹を思い出して胸が痛んだ。

そして、一月一日の夜までは家族と過ごし……でも、どうしても雅樹に会いたくなって、

「仕事が残ってるから帰るね」って無理やりみたいにして最終近い電車に飛び乗って。

＊

もう一度、雅樹の部屋のドアをノックする。

もしかして出かけてるかも？　という考えがよぎって、僕はちょっと悲しくなる。

いつでも僕に付き合ってくれているけど、雅樹にも、芸大時代の同級生とか、イタリアで働いてた頃の友達とかとの付き合いがあるだろう。

雅樹の部屋にいる時、飲み会の誘《さそ》いらしき電話がかかってくることだってある。

雅樹は、僕がいる時には僕を置いて出ていってしまうことなんか、まずない。

でも、僕とのデートのない夜には、たまに男の友人達と飲みに出かけることもある（後から、どのメンバーで、どの店に行ったかをさりげなく話してくれるから、浮気の心配はないけどね）。

僕はしばらくドアの前で立ち尽くし、それから、

……お正月だし、友達と新年会に出かけていたっておかしくないよね。

ちょっと寂《さび》しい気分でため息をつく。

……帰ろう……。

前だったら、悠太郎《ゆうたろう》と一緒に過ごすことも考えられたけど……ガヴァエッリ・チーフの恋人になった悠太郎は、当然、彼と一緒に過ごしてるだろう。

……きっと、今頃ラヴラヴのお正月だよね？

……一人だけのお正月っていうのも、目先が変わっていていいかも。

無理やり思おうとするけど、やっぱり寂《さび》しいのには変わりなくて。

……でも、しょうがない。雅樹には雅樹の予定があるんだから！

ここで待ってることもできるけど、そんなことをしたら帰って来た雅樹は、僕を待たせたことに責任を感じてしまうだろう。そして、出かけたことを後悔するだろう。

僕は思い切って踵《きびす》を返す。

……本当は、今すぐに会いたい。

だから、家を飛び出して、ここまで来たんだ。

……だけど、待ってたりしたらダメだよね。

雅樹がすごく好きだから、彼を束縛《そくばく》したくない。

……朝になったら電話をしてみよう。

思いながら、エレベーターに向かって歩く。

……もし、予定が空《あ》いているようだったら、また遊びに来ればいいよね……。

思った時、僕の後ろでドアが開く音。

「晶也《あきや》！」

後ろから聞こえた美声に、心臓がトクンと高鳴る。

振り向くと、雅樹は初めてこの部屋に僕を連れてきてくれた時みたいな濡《ぬ》れた髪をしていた。

裸足《はだし》に、ジーンズ。慌ててひっかけたみたいなボタンの外れた綿《めん》のシャツ。

「シャワーを浴びていたんだ。……どうして？　実家には、帰らなかったの？」

少し呆然《ぼうぜん》とした顔で言う。僕は、

「いったん帰ってお正月は過ごしてきました。でも、どうしても会いたくなって……」

僕は、乱れた髪もセクシーな雅樹に、あらためて見とれてしまいながら、

「……来ちゃいました」

「……晶也」

ゆっくりと廊下を歩いてきた雅樹が、僕の髪をフワリと撫でてくれる。

「愛しているよ。キスをしていい？」

雅樹の優しい手が、彼の唇が、額や、頬に触れてくる。

「……雅樹……」

僕は目を閉じ、唇への甘いキスを待って……。

ザラッ。

「はうっ！」

頬に走ったのは、濡れた、でもヤスリみたいにザラザラした感触。それはまるで……、

「……ウニャ〜」

そして猫《ねこ》が鳴くみたいな声。

慌てて目を開けると、ベッドサイドのスタンドの明かりに浮かんでいるのは……、

「で……でんちゃん……？」

彼女は、実家で飼っている猫のデルフィーヌ。

長くて呼びにくいから、僕と兄さんと父さんはでんちゃんって呼んでる（母さんはでんちゃんなんて呼ばないでって怒るけど）。

知り合いの獣医《じゅうい》さんからのもらい猫だから血統書《けっとうしょ》はないけど、生粋《きっすい》のペルシャ猫らしい。

山猫みたいに大きくて、尻尾が立派で、洋猫らしいゆっくりとした動作の、大きな緑色の目をしたお嬢様だ。

まるでいつでもデビュッタントのドレスを着ているような、真っ白でフカフカの毛並み。

だけど彼女にはお嬢様の自覚がないから、散歩に出るとすぐに草むらに入ったり水たまりに飛び込んだりして、その毛皮をドロドロにして帰ってくるんだ。

そして。

「うわ。でんちゃん、足がドロドロだよっ！」

僕のベッドのシーツや枕カバーは、でんちゃんの足跡でドロだらけになっている。

頬に何かを感じて撫でてみると……僕の手のひらにも、同じようなドロがつく。

……わあ。やられた……！

……さっき、雅樹に撫《な》でてもらっていると思ったのは、本当は猫の専用ドアから家に入っ

てきたでんちゃんが、僕の頬を舐めたり、ドロだらけの足で引っ掻《か》いて（もちろん爪《つめ》は出さないで）いたんだ！

「……う～ん……晶也……」

ベッドの下から、寝言が聞こえる。

見下ろすと、絨毯《じゅうたん》の上に敷《し》いた客用布団で、慎也《しんや》兄さんが眠っている。

……ええと……？

僕は、夢と現実を区別しようと、寝ぼけた頭を振ってみる。

父さんや母さんが寝てしまった後。兄さんがおみやげに持ってきてくれたシャンパンで、僕の部屋で二人だけの酒盛りになって。

僕は、「今ならまだ終電に間に合うかな？」って漏《も》らしてしまった。

兄さんは、「晶也が抜け出してあの男の家に行ってしまうといけない。もしかしたら正月気分でエッチなことまでされてしまったら大変！」って怒って、僕の部屋で寝るって言いだしたんだ。

僕は今日、一月一日を、楽しいけどちょっとつらい気分で、家族と過ごした。

それは物心ついたときから続いている、平和なお正月。

だけど僕は、心の奥に、同性である雅樹と付き合っているっていう、大変な秘密を隠していて。

雅樹のお父さんと、彼が再婚した義理のお母さんのしのぶさんは、イタリアに住んでいる。しかもお父さんは世界に名の知れた建築家。とても忙しいから、お正月だからといって日本に帰ってきたりしない。

……今頃、雅樹は部屋で一人きりなんだ。

そう思ったら、胸がまたチクリと痛んだ。

僕は、こんなに愛している雅樹を、大好きな両親に紹介したかった。

『この人と、結婚を前提《ぜんてい》に付き合っています』って。

もしも僕が女の子に生まれていたら、僕はすぐにでもそうできただろう。

そうしたら、きっと、お正月には彼を実家に連れてきて、紹介することだってできて。

じゃなかったら、「彼と初詣でに行くから」ってワガママ言って、お正月は東京で過ごすことだってできたかもしれない。

……だけど……。

それは、もしも二人が男同士じゃなかったら、って仮定の上に成り立った夢で。

……自分がゲイで、男と結婚するつもりで、僕の血を引く子供の顔は永久に見せられない、なんて話は……あまりにもうちの両親にはショッキングだろう。

もしも雅樹とのことを反対されて、家を取るか雅樹を取るかって言われたとしても、僕は雅樹から離れることはできない。

兄さんには、僕と雅樹の関係をカミングアウトしてある（っていうか、ひょんなことから知られてしまったんだよね）。

だけど、『黒川《くろかわ》さんのことは人間として気に入った。だから面と向かって反対はしない』って言われている段階。『キスより先のことは許さない』とも言われている。

……これって、『反対はしないけど、賛成もできない』ってことだよね。

ちょっとはゲイに理解があるみたいだし、歳《とし》も若い兄さんだから、まだこれくらいの反対ですんでいるんだろう。でも、両親は……？

……絶対に失敗はできないんだよね……。

だから僕は、自分がきちんと一人前になるまでカミングアウトを待とうと思ってるんだ。

僕は、でんちゃんを抱き上げ、そのフカフカの背中に頬《ほお》をつけて、

「でんちゃんは、反対しないでいてくれると嬉《うれ》しいな」

そして、安らかな寝息を立てる慎也兄さんを踏まないように気をつけながら、でんちゃんのドロドロになった足を洗ってやるために部屋を出る。

夜明けまでに、雅樹とのことを祝福してもらう初夢を見られたらいいな、と思いながら。

MASAKI

「あなたと二人の温泉旅行、行けなくなってしまったんです。……ごめんなさい」

晶也がすまなそうな声で言う。

「もし予定が変わったのなら、もちろん仕方がないが……」

俺は、不思議なほどに落胆《らくたん》してしまいながら、

「理由を聞かせてくれないか？」

晶也は、苦しげに目を伏せて、

「両親に、反対されてしまったんです」

俺は一瞬言葉を失ってから、

「そ、それは、ええと……」

心を落ち着けるために深呼吸《しんこきゅう》をして、

「……旅行を？　それとも……俺との付き合いを？」

晶也は、悲しげな目で俺を見つめ、

「……両方です」

その言葉に、俺は息をのむ。

「二人の関係を、親に知られてしまいました。ひょんなことからバレてしまって……」

俺は晶也を見つめ、ずっと頭の中で考えていた言葉を告げる。

「君のご両親に、ご挨拶《あいさつ》にうかがう。そして、『自分たちはゲイで、できれば籍《せき》を入れ、一生をともに生きていくつもりです』とカミングアウトする」

晶也は驚いたように目を見開く。

「いつか、君の心の準備ができたら……結婚してくれないか？」

晶也はその美しい琥珀色《こはくいろ》の瞳《ひとみ》で俺を見上げ、唇をそっと動かして、

「雅樹、僕……」

プルルルル！　プルルルル！

何かの機械音が、晶也の返事を遮《さえぎ》った。

「……です」

俺は、彼の返事を聞けなかったことに焦《あせ》り、必死で、

「晶也、聞こえなかった！　もう一度……！」

＊

プルルルル！　プルルルル！

「晶也、聞こえなかった！　もう一度……！」
俺は、自分の叫んだ声で飛び起きた。
ベッドに起き上がった格好のまま、暗い部屋の中を見つめて呆然《ぼうぜん》とする。
鼓動が速い。身体から血の気が引き、冷や汗が額を滑り落ちた。
ため息をついて、現実を思い出す。
大晦日から正月の朝にかけて、空が白くなるまで晶也を抱いていた。
シャワーを浴び、支度《したく》をした晶也を、車で駅まで送っていった。
……夢か……。
枕元のデジタル時計は、一月二日、夜中の一時を表示している。
時計の隣で、電話が呼び出し音を奏《かな》でている。
……さっきの機械音は、これか……。
……このせいで、晶也の返事が聞けなかったじゃないか……！
……酔っぱらった悪友からの新年の挨拶などだったら、即刻切ってやる！
思いながら、俺は渋々受話器を上げ……、
「……はい」
とても不機嫌な声が出る。電話の相手はとまどったように一瞬息をのみ、それから、
『新年明けましておめでとうございます。いえ、それは昨夜言いました。ええと……』

語尾のかすれた、甘い甘い声。

『……三《さん》が日《にち》、おめでとうございます。とも言いませんね。ええと……』

そして、その色っぽい声に似合わない、なんだか間の抜けた言葉。

「……晶也。もう東京に戻ってきたのか？　今、どこから？」

思わず聞いてしまう。もしかしたら、晶也が終電で東京に向かっていて、その途中で電話を入れてくれたのかと思ったからだ。

晶也は、受話器の向こうでクスリと笑い、

『僕がいるのは、あなたの部屋の下。天王洲《てんのうず》の桟橋《さんばし》のところです』

「え？　待っていてくれ！　すぐに……」

思わずベッドから飛び下りそうになった俺に、

『嘘《うそ》です！　まだ実家です！』

晶也の声に、俺は脱力してそのままベッドに倒れ込む。ため息をついて、

「恋する男をイジメないでくれ。離れてから一日も経《た》っていないのに、もう君に会いたくて仕方がないんだ」

晶也は、なんとなく寂しそうな声で、

『……今、あなたの部屋の下にいるんだったらよかった。そして、あなたが僕を迎えに来てくれるんです。そうしたら、すぐに会えるのに』

俺は、さっきの夢を思い出し、ふと不安な気持ちになりながら、

「……お正月は、どうだった？」

『え？　ああ……相変わらずです。ノンビリしてます』

笑い混じりの晶也の言葉に、俺は不思議なほどに安堵《あんど》する。晶也は、

『今日の終電までここにいなさいとか言われてるんですけど……あなたに会いたいし……』

「ご両親や慎也さんと過ごしておいで。すぐに、また俺との甘い生活が始まるんだから」

言うと、晶也はくすぐったそうに笑って、

『わかりました。……そうだ、あと、仕事が一段落したら温泉にも行きましょうね』

「オーケー。楽しみにしているよ」

俺たちは、愛している、と囁《ささや》き合い、電話を切った。

……その温泉旅行で、あんなことが起こるとは、それこそ夢にも思わずに。

ジュエリーデザイナー　湯けむり温泉旅行

MASAKI　1

「心配なのは、ニューヨーク店用の商品だ。職人がまとめて休暇を取ったせいで完成が遅れていて……」

俺の横を歩いていた男は、ふと言葉を切り、

「聞いているか、雅樹《まさき》？」

「ああ……いいえ。適当《てきとう》に聞いてはいましたが、別のことを考えていました」

言うと、彼はため息をついて、

「おまえの頭の中は、終わったばかりの会議の内容より週末の予定でいっぱいのようだな」

からかうように言う彼の名前は、アントニオ・ガヴァエッリ。

このガヴァエッリ・ジョイエッロの本社副社長と日本支社デザイナー室のブランドチーフを兼任している。大富豪、ガヴァエッリ一族の御曹司《おんぞうし》でもある。

「押し倒してばかりいると、ハニーに逃げられるぞ。ただでさえアキヤは体力がなさそうだし。こんな飢《う》えたオオカミのごとき男に付き合っていたら、身体《からだ》がもたないだろう」

彼は、俺がイタリア本社にいる頃からの上司。デザインセンスは最高だが性格は最悪の男だ。

「下品なことを言わないでください。あなたじゃあるまいし。どうせあなたも、どうやって週末に悠太郎《ゆうたろう》を連れ出して襲いかかろうかと作戦を練《ね》っているくせに」

「連れ出して襲いかかるとは人聞きの悪い。今週末は三浦《みうら》海岸に見つけたロマンティックなオーベルジュに行って、美味《おい》しいディナーをごちそうして、その後は甘い時間を過ごすためにスウィートルームに……」

「それを、連れ出して襲いかかるというんです」

言うと、アントニオはあきれたように眉《まゆ》をつり上げて、

「そっちこそ、今週末は温泉に連れ出して襲いかかろうと計画しているくせに。飢えたオオカミにのべつまくなしにヤラれたら、アキヤのあの細腰が……」

「ご心配なく。合意の上ですから」

俺は肩をすくめて、デザイナー室へのドアノブに手をかける。

「今週末！　伊豆《いず》・熱川《あたがわ》の温泉ってことで！　すみません！」

ドアの向こうから聞こえてきた声に、俺は思わず立ち止まる。

これは、デザイナー室の旅行の幹事《かんじ》の広瀬《ひろせ》の声だ。

だが、デザイナー室の旅行は、来週、スキーに決まったはずで。

……今週末？　温泉……？

聞き違いかな、と思いながらも、なんとなく嫌な予感が胸をよぎる。

「黒川チーフたち、都合、大丈夫かな？」

……何……？

デザイナー室のドアを開き、中に踏み込む。

「あ、お帰りなさい！」

「会議、お疲れさまでした！」

デザイナー室の面々は顔を上げ、俺と、続いて入ってきたアントニオに、口々に挨拶《あいさつ》をしてくれる。

……だが。

晶也《あきや》はすまなそうな顔で目を伏せたまま。晶也の後ろに立っている悠太郎は、アントニオと目を合わせないようにそっぽを向いている。

「黒川《くろかわ》チーフ！　ガヴァエッリ・チーフ！」

柳《やなぎ》が立ち上がりながら、

「前から計画してたデザイナー室の旅行、今週末に、熱川の温泉に行くのはどうかってことになったんですけど……ご都合、いかがっすか？」

「ええと……予定では、来週末に、上越《じょうえつ》でスキーではなかった？」

「そ、それがですね」

広瀬が、すまなそうな顔で立ち上がり、

「ホテルが取れてなかったんです。ヤナギがインターネット予約してたはずなんですけど、手順を間違えたみたいで、予約ができてなくて！」

「慌てて電話したんですけど、このスキーシーズン、土日のスキー場は、どこもいっぱいだったんです！」

「取れたのは、今週末、熱川の温泉旅館が一軒だけで！」

柳と広瀬は、揃《そろ》って頭を下げながら、

「すみませんっ！」

叫び、頭を上げて、

「……で、ご都合はいかがっすか？」

「今週末、空《あ》いていますか？」

……本当は、まったく空いていない。

……だが、まさか、晶也と温泉旅行の約束があるからとは……。

チラリと晶也を見ると、晶也は必死で何かを言おうとしている。それから上着のポケットから携帯電話を出し、そのプッシュボタンを一生懸命《いっしょうけんめい》押している。

悠太郎が、アントニオを上目遣《うわめづか》いに見ながら、

「ガヴァエッリ・チーフはオッケーだよな？　デートの約束があったけど、それはずれたんだって言ってたもんね？」

「え？」

アントニオは、眉をつり上げて悠太郎を見る。悠太郎は、アントニオに向かって素早く両手を合わせて、ごめんなさい、という形に口を動かす。

……デートの約束があったのに、断《ことわ》りきれなくてオッケーしてしまったんだな……？

アントニオはため息をついて、

「ああ……恋人をデートに誘ってあったんだが、相手はちょうど都合がつかなくなったらしい。……温泉旅行に参加させてもらうよ」

……まあ、後輩思いの悠太郎が、旅行に欠席して柳と広瀬に責任を感じさせるようなことが、できるわけがないか……。

……ということは……？

俺のポケットの携帯電話が、メール着信の呼び出し音を奏《かな》でる。

アントニオが、おまえも来たな、という顔で俺を見る。

「ちょっと失礼」

俺は言って、デザイナー室を出る。廊下《ろうか》で携帯のメールを見ると、

『ごめんなさい！　温泉の予定ずらせませんか？　あなたとの約束が優先なので、無理は言

えませんが、できれば。あの二人、責任感じて落ち込んでて可哀想《かわいそう》で。　A』

……やはり、晶也も悠太郎と同じか。

俺は苦笑しながらモードを返信に切り替え、プッシュボタンを押す。

『わかった。その代わり、君からごほうびをもらうよ。　M』

送信して、しばらく廊下の壁《かべ》にもたれかかったままで待つ。呼び出し音が再び鳴って、

『ありがとうございます！　一緒に温泉に行けるの、楽しみにしてます！　ごほうび？　なんでしょうか？　なんでも言ってください！　高いモノだったらどうしよう？（笑）　A』

俺はそれを読んで、思わず笑ってしまう。

……君からもらうごほうびといったら、お金では買えないもっと素敵なものに決まってるだろう？

思いながら廊下を歩き、デザイナー室に戻る。

デザイナー室のメンバーが、いっせいに俺の方を振り返る。広瀬と柳が、

「あとは、黒川チーフだけです。ご都合は……？」

「おれ、憧《あこが》れの黒川チーフと温泉とか入って、男同士背中の流し合いとかしてみたいっす！」

「あ、おれも！　やっぱり黒川チーフがいないと！」

口々に言って、両手を合わせて、俺を見上げている。

……まあ、どちらにしろ、晶也にフラれてしまったんだ……。

「予定が入りそうだったんだが、キャンセルになった。今週末、楽しみにしているよ」

言うと、デザイナー室の面々はホッとしたように歓声《かんせい》を上げる。

俺は、無邪気ににこにこしている晶也を見ながら思う。

……このごほうびは、温泉でたっぷりいただくからね……？

AKIYA　1

「……本当は、このまま君と二人で部屋でノンビリしていたい」

シャワーから出てきた雅樹が、髪を拭《ふ》きながらわざと深いため息をつく。

「もう、雅樹ったら！　あと一時間で出発ですよ！」

僕は、眠気覚ましの濃いコーヒーをカップに注ぎながら言う。雅樹は、

「しかも君は、朝早くから、こんなに張り切っているし」

彼はすぐ後ろに来て、僕の肩越しに手元を覗《のぞ》き込み、

「晶也。おはようのキスは？」

後ろから耳に囁《ささや》きを吹き込まれて、僕は思わずびくんと震《ふる》えてしまう。

「うっ。ダメですってば！」

「どうして？」

彼の腕が、腰にまわる。後ろからキュッと抱きしめられて、僕は赤くなってしまいながら、

「だって、このままだと……」

「このままだと、何？」

「……時間までに出られなくなってしまいそうだから」

言うと、雅樹はクスリと笑って、

「それこそ、俺の思うつぼだ」

「もう！　雅樹ったら！」

僕は言って彼の腕からすり抜け、コーヒーのカップを彼に差し出す。

「はい！　コーヒー！　目を覚ましてくださいね！　一時間後には出発ですよ！」

雅樹は、やれやれという顔で肩をすくめ、カップを受け取りながら、

「そういえば、サブチーフの三上《みかみ》のお子さん三人も参加だって？」

「そうなんです！　三上さんの奥さんが四人目が産まれそうで、実家に帰っちゃってるらしいんです。お子さま三人を残していけないっていうから、じゃあ一緒にってことになって」

「それは、男の子？　まさか、浴衣《ゆかた》の君に一目惚《ひとめぼ》れ……なんて騒ぎにはならないだろうな」

雅樹の声に、僕は思わず笑ってしまいながら、

「一番上の子だって、まだ中学生ですよ？　まだお子さまです！」

雅樹の言うような騒ぎが本当に起こってしまうとは、その時の僕は思ってもみなかったんだけど……。

＊

「おはようございまーす！」

柳くんが、車を降りた僕らに手を振っている。

ここは、海老名《えびな》のサービスエリア。

家の場所がバラバラだから、このサービスエリアの駐車場が、待ち合わせ場所になっていたんだ。

駐車場には、それぞれの車と、そしてデザイナー室の面々が集まっている。

柳くんのRX-7の前にいたのが、柳くんと広瀬くん。

長谷《はせ》さんのカプチーノの前で、長谷さんと野川《のがわ》さんが手を振っている。

瀬尾《せお》さんのワーゲンには、瀬尾さんと瀬尾さんの彼女の恵子《けいこ》さんと田端《たばた》チーフ。

「瀬尾さんのとこ、アツアツなのに、田端チーフけっこうお邪魔虫っすよね～」

近づいてきた柳くんが、笑いながら僕に囁いてくる。

「おれんとこも長谷さんとこも2シーターだから、田端チーフを引き取るわけにいかないしねー」

「あきやのとこに乗せたら黒川チーフが黙っちゃいないだろうし、うちに引き取ると、ガヴァエッツリ・チーフがうるさそうだしな～」

悠太郎が言う。今日の悠太郎は、生成《きなり》のフィッシャーマンズセーターにジーンズ。ブラウンのフィッシャーマンズセーターに革《かわ》パンツのガヴァエッツリ・チーフとちょっとペアっぽい。

「うーん、そうかも。……ところで悠太郎、そのセーターすごく似合う」

言うと、悠太郎は、

「ああ……アン……ガヴァエッリ・チーフが選んで勝手に買ってきたんだ。意味もなくもらうのヤだから無理やりお金払ったけど、五万円もしたんだぜ？　信じらんない～！」

言ってから、ちょっと赤くなって、

「まあ、あったかくて……着心地はすごくいいけど」

……きっとガヴァエッリ・チーフは、悠太郎とペアっぽい服を着たくて、これを選んだんだな……？

僕は笑いそうになるのを必死でこらえながら思う。

……言ったら悠太郎がムキになりそうだから、黙っていよう……！

広瀬くんが笑いながら、

「どっちにしろ、悠太郎さんのところの車には、おめおめと乗れない雰囲気ですよ」

「あの人、車の免許持ってないんだよ！　レンタカーして、オレが運転していくって言ったのに！」

駐車場にまったく似つかわしくない、ピカピカの黒塗《くろぬ》りのリムジン。

その前で、黒川チーフとガヴァエッリ・チーフが、立ち話をしている。

服装は二人とも休日らしいラフな感じだけど、まるでショーモデルみたいに背が高くて、ものすごいハンサムだ。そんな二人が並んでるところは……はっきりいって世界が全然違う。ドライブに行く途中の家族連れが、『いったいなんの撮影だ？』って顔で振り向いていく。

悠太郎が赤くなりながら、

「恥《は》ずかしい〜！　『車の手配は私に任せなさい』とか言うから、安いレンタカーでも調達してくれるのかと思えば、迎えに来たのはいつものアレだしっ！」

その言葉に、柳くんと広瀬くんが爆笑して、

「悠太郎さん、ソッチの世界に行っちゃってますよ。あのすんごい黒塗りリムジンを『いつものアレ』扱いだもん」

「しかも悠太郎さん、最近ミョーに色っぽくないっすか？　ガヴァエッリ・チーフがリムジンのドアを開いて悠太郎さんを乗せるところなんか、まさに王子様とお姫様……！」

「誰がお姫様だあっ！」

悠太郎が真っ赤になって言う。

つられて笑ってしまいながら、僕もちょっとうなずいてしまう。

実は悠太郎は、ガヴァエッリ・チーフと秘密の恋人同士。

もうずっと前から二人は両想いなんじゃないかなって思って応援してたんだけど、二人はなかなか結ばれることができなくて。去年のクリスマスにやっと想いが通じ合った二人は、それから後、もうこっちが赤くなっちゃうほどのラヴラヴ状態で。

思った時、ガヴァエッツリ・チーフがふと振り向いた。

「ユウタロ！」

「ああ？　なんだよ？」

不機嫌に言った悠太郎に、ガヴァエッツリ・チーフは妙にさまになる仕草でキスを投げて、

「愛してるよ。後でリムジンの中でもう一度、だ」

長谷さんと野川さんが、耳ざとく聞きつけて黄色い悲鳴を上げている。

「ばっ、ばかやろーっ！　なんてこと言うんだっ！」

悠太郎は思い切り叫び、それからガヴァエッツリ・チーフからツンと顔をそむけて、

「……あ、あとは、三上さんとそのお子さま軍団かっ！」

照れ隠しのように言って、遠くを見るけど……その頬《ほお》は恥ずかしそうに染まっていて。

……悠太郎、ここのところ、なんだか本当に色っぽくなった。

僕は微笑《ほほえ》ましい気分で思う。

……幸せなんだね。よかったね、悠太郎。

「お子さま軍団のご機嫌《きげん》をとるために、売店でなんか買っとこうぜ！」

悠太郎は、庶民的なおみやげや、おでんなんかの軽食を売っている売店を指さす。

「オレ、子供好きだから、懐《なつ》かせて、今回の旅のお供《とも》にするんだ！」

「お供ってね〜、桃太郎《ももたろう》と、犬、サル、キジじゃないんっすから！」

柳くんが言った時、一台のバンが駐車場に入ってきた。

「あ、三上さんだ！　こっちですー！」

広瀬くんが、運転席の彼を見つけて大きく手を振っている。

バンがゆっくりと近づいてきて、僕らの横に停まる。

「おはよう。今回はうちの子供たちも連れてきちゃって、悪かったねえ」

全身エディー・バウアーで揃えて、いかにもアウトドアお父さんって感じの三上さんが降りてくる。

「いいんっすよ！　人数多い方が楽しいし！」

「悠太郎さんなんか、お子さまを懐かせようとして早速作戦練ってましたし」

三上さんが笑いながら、バンの後ろのスライドドアを開けて、

「一番上はもう大きいけどね、下のチビ二人はまだやんちゃで。ビシビシ叱《しか》っていいから」

「きゃ～！　おやつ売ってる～！」

「わ～い！」

いきなり、小さな影が、まるで仔犬《こいぬ》のような勢いで車の中から飛び出してきた。

モスグリーンと臙脂《えんじ》のダッフルコートを着た二つの影は、いきなり売店の方に走っていこうとする。三上さんが慣《な》れた仕草で二人のコートのフードを捕《つか》まえて、

「紹介しよう。うちの下の子、二人。こっちが幸二《こうじ》でこっちが三太《さんた》。それぞれ小学三年生と

一年生」

二人は首根っこを摑《つか》まれたままで、ピョコンと頭を下げて、

「よろしくおねがいしま～す」

「よろしくおねがいしま～す」

兄弟だけど、二人とも小さくて、なんだか双子《ふたご》みたい。

三上さんの奥さんに似て、色白で目のクリッとした……ものすごく可愛《かわい》らしい二人だ。

「かーわいーなー、おまえら～」

子供好きの悠太郎が、蕩《とろ》けそうな顔で二人の髪の毛をクシャクシャ撫《な》で、二人をキャッキャと喜ばせている。

「あと、一番上の子、一則《かずのり》。バスケットをやってるせいか、背丈《せたけ》はおれを抜かしちゃってるけど……実は中学二年生」

三上さんは、ちょっと得意げに、

「もうレギュラーだし、顧問《こもん》の先生からは、将来有望とか言われてるらしいんだよね」

仔犬みたいに小さな二人を見た後だから、ますます大きく見えるような気がする。

彼は、驚いたことに僕よりも背が高かった。多分、百八十センチはあるだろう。

けっこうハンサムな三上さんの血を引いた、精悍《せいかん》な顔立ち。

今時の体育会系らしく、お洒落《しゃれ》にカットされた黒い髪。

そして、なんだか妙に色気のあるその眼差《まなざ》し。

……最近の中学生って、大人っぽいなあ。

僕はそう思って思わず彼を見つめてしまい……、

「三上一則です」

もうしっかり変声期の終わっているらしい低い声で言う。彼は、僕から視線をそらさないままで、

「あなたが、晶也さんですか？　父から話はいつも」

「あ、うん。篠原《しのはら》晶也といいます。お父さんにはお世話になってます。……三上さん、仕事が遅くてダメな部下がいる、とか言ってませんか？」

僕が笑うと、三上さんはとんでもないよ、というように手を振って、

「言ってない、言ってない。みんな優秀だけど、なかでもすごい美人ですごくセンスのいい、晶也くんっていうデザイナーがいるって、いつも言ってるんだよ」

「あはは。本当ですか？　お世辞《せじ》を言ってくださっても、何も……」

「本当です」

僕の言葉を遮った一則くんの冷静な声に、僕はちょっと驚いて振り向く。

「父からあなたの話を聞いて、ずっと憧れてたんです」

「えっ？」

「でも、想像以上に綺麗《きれい》だ」

「へっ？」

女性でも口説くかのように妙に大人っぽい口調に、僕は呆然《ぼうぜん》とする。彼は真剣な声で、

「ずっと憧れてました。でも、お会いして、一目惚れしてしまったみたいだ。あなたが好きです」

「はぁっ？　ええと……」

笑っていいのか、それとも真面目《まじめ》に聞かなきゃいけないのか、全然解《わか》らない。助けを求めて見まわすけど、悠太郎や柳くん、広瀬くんも、彼の妙な間合いについていけずに目を丸くしてる。

……これって、ええと……冗談《じょうだん》、だよね……？

僕は、彼のものすごく真面目な顔を見返しながら、呆然と考えてしまう。

……しかし、最近の中学生の流行の冗談って、変わってる……！

……この思い切り真面目な顔をして言うのが、ミソなんだな、きっと……！

僕はなんとなく一人で納得する。そして、

……背が高くて顔も大人っぽくて、ちょっと近寄りがたい感じはあるけど……僕らになじもうとして、一生懸命こんな冗談を言うなんて、やっぱり中学生かも？

……なんか、けっこう可愛いかも！

僕は思わず笑みを浮かべてしまいながら、

「あ、ありがとう。旅行中、よろしくね。仲よくしようね」

言うと、彼はいきなりカアッとその頬を染める。

……あれ……？

「こらっ！　一則！　オレたちのマドンナのあきやをいきなり口説くとは、どういう了見《りょうけん》だよ？」

我に返った悠太郎が、笑いながら言う。

「オレたちにもちゃんと自己紹介するよーに！」

一則くんは大人っぽい仕草で眉をつり上げ、それからちょっと渋々《しぶしぶ》という感じの口調で、いちおうみんなに自己紹介をする。

三上さんのバンが来たのに気づいて近づいてきた、野川さんと長谷さん、瀬尾さんカップルと田端チーフ、そしてガヴァエッリ・チーフと雅樹にも、お子さま三人の紹介があった。

一則くんは、ふと目を上げてあたりを見まわす。

ガヴァエッリ・チーフを見てちょっと驚いたような顔をし、そのまま視線を流して……最後に視線を雅樹に留めた。

何かを探るようないぶかしげな顔で、そのまま雅樹を見つめる。雅樹が、

「……何か？」

言うと、一則くんはなんとなく悔しそうな声で、

「あなたのお噂も聞いています。よく、晶也さんが部屋に泊まりに行くとか」

……ええっ？

僕は青ざめてしまうけど、雅樹は平然とした声で、

「そうだよ。俺と篠原くんは、とても仲のいい上司と部下だからね」

「ライバル出現か。あなたなら……」

一則くんは、雅樹を挑戦的に睨《にら》み上げて、

「……相手にとって不足はないな」

その言葉に、その場にいた全員がその場に固まってしまう。

しっかりとした大人で、完璧《かんぺき》と思えるほどのハンサムで、端正な立ち姿をした雅樹。

彼を軽く見上げている一則くんは、中学生にしては大人っぽいけど、まだ子供の雰囲気の残る体型と顔をしている。

そして、声は低いけど、その話の持っていき方、話すタイミングが、大人のペースとはどこかズレている。

……大人っぽく背伸びをしようとムリしてるけど、どう考えても、雅樹に対抗するのは……？

「一則！　おまえが黒川チーフに対抗するなんて、千年早いんだよ！」

三上さんが、ゲンコツを作って自分よりも大きい息子の頭をポカンと軽く殴《なぐ》る。

「いって～！」

思わず、って感じの子供っぽい口調で言って、頭を押さえた一則くんは、まさに中学生で。その場にいたみんなが、こらえきれなくなって爆笑する。

「いい、いいよ、そのキャラ！」

悠太郎が、一則くんの背中をバンバン叩きながら笑っている。

「まだ中学生なのに黒川チーフに対抗しようとする、その根性が気に入ったぞっ！」

「おにーちゃん、人気者だ～」

「よかったね～」

三上さんにコートのフードを摑まれたままのチビちゃん二人が言う。それから、フードをググーッと引っ張って売店の方に向かおうとしながら、

「お～や～つ～！」

「ジュース欲し～い！」

「くううう～！　可愛いぞ～！　ちょうど手頃な大きさだしな！」

悠太郎が拳《こぶし》を握りしめて叫び、二人の前にしゃがみ込んで、

「おやつ欲しいか？　オレのお供になるなら買ってやる！」

小さな二人は目を輝《かがや》かせて、声を合わせ、

「おやつ買って～！」

三上さんが、手で顔を覆《おお》って、

「あいつら～！　まるでウチでちゃんとごはんを食べさせてないみたいじゃないか～」

その言葉に僕らは吹き出してしまう。広瀬くんが、

「まあ、お子さまの遠足には、おやつが必要不可欠ですからね～」

「よし！　じゃあ、おまえら、これからオレのお供だぞ！　……三上さん、食べさせちゃいけないモノとかあります？　歯のために甘いモノ禁止してるとか」

「ああ～、ないない。こいつら放任だから」

「そうと決まれば！」

悠太郎が、両手でそれぞれの手を握る。

「よし、売店に出発ーっ！」

キャーキャー喜んでいる二人と手をつないだまま、悠太郎は売店の方に走り去る。

一則くんは、僕のことをなんだか妙に色気のある流し目で見て、

「晶也さん。楽しい旅行にしましょうね」

……ううーん、この三人、兄弟とは思えない……！

＊

「うわ、すごい！」

旅館の門から入った悠太郎が、感心したような声で叫ぶ。

ここは、東伊豆、熱川。

ここに来る途中の道路は、海沿いの山の中腹《ちゅうふく》を走っていた。片側が崖《がけ》で、その下の湾には漁船が停泊している小さな漁港がいくつも見えるっていうなかなかの景色で。

……ってことは、きっと、地元の新鮮《しんせん》な魚がたくさん獲《と》れる場所なんだろう。

道路からそれた小道にはひものを干《ほ》して売っているお店や、温泉饅頭《まんじゅう》の湯気を立ち上らせたみやげもの屋さん、それに昔懐かしい卓球場や射的場があるのが見えた。そこを浴衣に丹前《たんぜん》の観光客が歩いていたりして……熱川は、いかにも昔ながらの小さな温泉街って感じだった。

広瀬くんと柳くんが予約をゲットした旅館は、そこから山の方へ少しだけ上っていったところにあった。

駐車場に車を停め、生《い》け垣《がき》に囲まれた石畳《いしだたみ》の細い小道を上ると、そこには趣《おもむき》のある純和風の門。門を入ると、玄関までは両脇を竹林に囲まれたアプローチ。道の脇にはところどころに小さな囲いがあって、熱そうな煙《けむり》が噴《ふ》き出している。『源泉《げんせん》　高温注意』と書いてある杉《すぎ》の板が立っているところが、まさに温泉に来たって感じで風情《ふぜい》がある。

ロビーにあたる場所は昔の田舎屋《いなかや》風の造りで、艶《つや》のある黒い柱と梁《はり》と砂壁《すなかべ》のベージュのコントラストがすごく綺麗。隅《すみ》の喫茶《きっさ》スペースには大きな囲炉裏《いろり》が切ってあって、ひなびた民芸調の雰囲気をますます引き立てている。

旅行代とした積み立てたのはけっこう少額だった。だから、『歓迎　ガヴァエッリ・ジャパン　デザイナー室御一行様』って書かれた札と、ロビーの真っ赤な絨毯《じゅうたん》、キンキラの宴会場、大浴場、乾《かわ》いたお刺身《さしみ》、みたいな、いかにもな温泉旅館を想像してたんだけど……。

「こんないいとこ格安で見つけるなんて！　でかしたぞ、ヤナギ！　広瀬！」

みんなの感激を代表して、悠太郎が叫ぶ。

「よかったっす！　みんな目が肥《こ》えてそうだから緊張しましたよ！」

「いいでしょう？　ちょっと上品でいながらもひなびた感じで。インターネットで見つけたときには小躍《こおど》りしましたよ」

柳くんと広瀬くんが、照れたように言う。

ガヴァエッリ・チーフもうなずいて、

「なかなかいい風情だ。庭の感じといい、田舎屋風の造りといい、素晴らしい。露天風呂《ろてんぶろ》に浸《つ》かって日本のワビサビを研究するにはもってこいだな、ユウタロ？」

なぜか妙に甘い声で囁く。悠太郎はなぜかカアッと赤くなって、

「あ、あなたとだけは絶対に入りたくないっ！」

……そういえば、先月、二人は修善寺《しゅぜんじ》の温泉に旅行したはず。

それ以来悠太郎は、『温泉』、『露天風呂』って言葉に妙に照れるようになっちゃって。

……なんでだろう？　もしかして、露天風呂で何かあったとか……？

僕は妙に微笑ましい気分で思い……それから年越しの時に雅樹の部屋であったことを思い出す。

『温泉に行ったら、一緒に露天風呂に入ってくれるね？』と囁いてくれた雅樹の言葉も。

……だけど。

僕は、横目で雅樹の方をうかがいながら、

……まさか、こんな旅行になっちゃうなんて……！

雅樹は、みんなと合流した、あのサービスエリアからちょっとムッとしてしまってる。

それというのも……。

「晶也さん」

後ろから声がして、僕の手の中の荷物がふいに奪われる。

「……あ！」

「おれは、晶也さんと同じ部屋。いいでしょう？」

一則くんは言って、にっこり笑う。

雅樹が、ますますムッとしている気配を感じる。

……うわあ、これ以上刺激すると、雅樹、本当に怒っちゃうぞ……！

実は。あのサービスエリアで、一則くんは雅樹の車（クラシカルなデザインのマスタングのコンバーチブル。アメリカ仕様《しよう》の4シーターだ）の後部座席に乗り込んできてしまった。

「黒川さんと晶也さんを二人きりにするのは心配だし」とか言いながら。

例えば本気で僕に迫ってる男だったら、そして相手が大人だったら、きっと雅也は容赦なく追い出しただろう。

でも、どこまで本気か解らない一則くんには、雅樹も一瞬躊躇《ちゅうちょ》して。

そうこうしてるうちに、みんなの車（三上さんのバンを含む）はどんどん発車しちゃって。

ぽつんと一台だけ残された僕らは、もちろん一則くんだけ置いていくわけにいかなくて。

仕方なく、ここ、熱川温泉まで三人のドライブになったんだけど……一則くんは遠慮《えんりょ》なく僕を口説き続けるし、最初ムッとしていただけの雅樹も、途中からは、「篠原くんは俺のものだから口説かないでくれ」とか言い返すし……もう、冷や汗ダラダラの道中だった。

……ああ、温泉に着いたから、やっと解放されると思ったのに……！

僕は、なんとか雅樹と二人きりで部屋に入りたい、と思いながら、

「ええと、でも一則くんは、家族水いらずの方がいいんじゃない？　せっかく旅行に来たんだから……」

「幸二、三太」

一則くんは、小さな弟たちの前にしゃがみ込んで、

「兄ちゃんは、この綺麗な晶也さんに一目惚れをしたんだ」

……ええっ……？

一則くんは、真面目な顔で、

「この旅行中、兄ちゃんは全力で晶也さんを口説くことにする」

……ちょっと待って、それって……？

「おまえたち、兄ちゃんの恋を応援してくれるな？」

「うんっ！」

「するするっ！」

二人は大きくうなずいて、

「ぼく、ユウタロちゃんのとこに泊まるぅっ！」

「ぼくもぉっ！」

可愛い声とともに、幸二くんと三太くんがぱたぱた走り、すっかり懐いた様子で悠太郎の脚にしがみつき、

「ユウタロちゃん、一緒に泊まってぇっ！」

「泊まってぇっ！」

「こら！　一則、幸二、三太！　おまえらはお父さんと一緒の部屋！　お兄ちゃんたちはのんびりしに来てるんだ！　邪魔になるだろう？」

三上さんは言って、幸二くんと三太くんのコートのフードを捕まえる。

「キャイン、キャイン！」

「キャンキャン、キャイン！」

「キャンキャン言ってもダメだ！」

仔犬みたいにバタバタ暴《あば》れている二人を見て、メンバーが爆笑する。三上さんが、

「こら！　一則もこっち！　……すみません、黒川チーフ。さっきは目を離したスキにバンから逃走して」

すまなそうに言われて、ムッとしていた雅樹はにっこりと笑ってみせる。

「にぎやかで、道中楽しかったよ。そうだね、篠原くん」

だけどその口元はちょっと引きつっていて……僕は小さくなる。

「……は、はい。でも、一則くんはやっぱりご家族と一緒の部屋で、ね」

一則くんに向かって言うと、彼はなんだかものすごく悲しそうな顔をする。

……うっ……！

……こんな時だけ子供みたいな顔をされたら、なんだか、すごく胸が痛むんだけど……！

フロントから鍵《かぎ》をもらってきた広瀬くんが、メモを見ながら、

「それじゃー、部屋割を発表します！　……、まずは三上家の四人、瀬尾さんと恵子さん、野川さんと長谷さん、ガヴァエッリ・チーフと悠太郎さん、黒川チーフと晶也さん、そしておれとヤナギと田端チーフ……です！　移動は自由ですのであとはテキトーに……」

「あれ？　ぼく、瀬尾くんの部屋じゃないの？」

田端チーフの声に、柳くんが、

「それはお邪魔のしすぎっすよ！　田端チーフはおれたちの部屋！」

広瀬くんは部屋ごとの鍵をそれぞれに配りながら、

「それじゃ、七時の夕飯までいちおう自由行動ってことで。温泉卓球大会に参加する方は、五時に遊戯室《ゆうぎ》にどうぞ。あ、部屋の移動は自由ですが、くれぐれもカップルのお邪魔はしないように！」

その言葉に、瀬尾さんとその恋人の恵子さんはちょっと赤くなっている。

「そうだ。私とユウタロの部屋はラヴラヴだから、邪魔しに来てはいけないよ」

ガヴァエッツリ・チーフの言葉にみんなは爆笑するけど、悠太郎はなぜか赤くなって、

「なにがラヴラヴだっ！　みんな遊びに来ていいからなっ！」

声を合わせて、遊びに行くぅ～、と叫んだチビちゃん二人に三上さんは、

「邪魔ばかりしたらダメだぞ、幸二、三太！　それじゃ、三人とも、部屋に行くぞ！」

言って、三人を連れてさっさと廊下を歩きだす。一則くんは一番後ろを歩きながら、悲しそうな顔で、何度も何度も僕の方を振り返る。それはまるで……、

「うわあ、ＢＧＭに『ドナドナ』が流れそう」

悠太郎があきれたような小声で言う。僕も同じ歌を思い出していたから、思わず苦笑して、

「やっぱり中学生なんだね。あんなに子供っぽい顔をして。ちょっと可哀想……」

言うと、鍵を持って近づいて来たガヴァエッツリ・チーフが、

「違うな。騙《だま》されてはいけない」

「え？　どういうことですか？」

「アキヤ、あの目に母性本能を刺激されているだろう？　あれは相手の警戒心《けいかいしん》を解かせて、そのスキに襲いかかるための作戦だよ」

ガヴァエッツリ・チーフは、なんとなく感心したような声で、

「若いのに、なかなか見どころのある攻で……」

言いかけたところで、雅樹がすごく怖《こわ》い目で睨んでいるのに気づいて、言葉を切る。

僕は、連行されるみたいに雅樹と一緒に歩きながら、ちょっとあきれていた。

……雅樹ったら。相手は中学生なのに本気で怒ったりして！　大人げないぞ！

MASAKI 2

旅館に備《そな》え付けてあった浴衣は、薄い生地《きじ》に旅館名が印刷されたようなものではなく、きちんと染められた、高価そうなものだった。

広い一間に、数え切れないほどの浴衣が畳んで並べられていて、そこから自分の好きな色柄のものを選ぶことができる。

みなすぐに浴衣を選んで部屋を出たが、着物が好きらしいアントニオ、そして引き留められた悠太郎と晶也はその部屋に残った。

……そして。

「失礼します。開けていいですか？」

襖《ふすま》の向こうから晶也の声がしたのは、俺がすっかり待ちくたびれた頃だった。

「どうぞ」

言うと、襖がゆっくりと開いて、

「ガヴァエッリ・チーフと悠太郎が選んでくれたんですが、二人の意見がまとまらなくて、なかなか決まらなくて」

最初に俺の目に入ってきたのは、浴衣の裾《すそ》から伸びた細い足首。そして綺麗な素足。

瑞々《みずみず》しい緑色の畳をそっと踏んでいるそれは、滑らかで、無垢《むく》なミルク色をしている。

磨《みが》き上げた白蝶貝《しろちょうがい》のような艶のある、美しい爪《つめ》。

わずかに紅潮した、その指先。

皮膚《ひふ》が薄く、透けるように白い肌をしている晶也は、照れた時には、頬だけでなく足の指先までを恥ずかしげに紅潮させる。

美しい桜色に染まった指先は、抱き合い、求め合う時の、その身体を羞恥《しゅうち》に染めた彼を、図《はか》らずも思い出させ……、

「……雅樹？」

晶也の声に、硬直して彼の足に見とれてしまっていた俺は、ゆっくりと視線を上げる。

晶也のためにアントニオと悠太郎が選んだのは、現代風の深いブランデーのような色の無地の浴衣だった。

黒に近いコーヒー色の帯が、細い腰を引き立たせている。

アントニオがわざとそう着付けたのだろう、色っぽく少しだけ開き気味にした襟元《えりもと》から、ミルク色の首筋がすらりと伸びている。

浴衣の襟のYのラインが、晶也の引き締まった顔をますます小さく見せている。

今にも甘いため息を漏らしそうな、少し開いた珊瑚色《さんごいろ》の唇。

俺を見つめ、恥ずかしげに瞬《まばた》きをする長い長い睫毛《まつげ》。

浴衣の深い色は晶也の煌《きら》めく琥珀色《こはくいろ》の瞳《ひとみ》にとてもよく合っている。

恥ずかしそうに頬を染めた晶也は……思わず見とれてしまうほどに色っぽかった。

「や、やっぱり着替えようかな？　男の僕の浴衣姿なんか、あまり見たくないですよね」

照れたように言い、奥の間に逃げようとする。

俺は立ち上がり、畳を踏んで彼に歩み寄る。彼の手にそっと触れて、

「まだ脱がないで。もう少し見ていたい」

「……え？」

「似合うよ、素敵だ」

囁くと、晶也はカアッと頬をさらに赤くして、

「……本当ですか……？」

「本当だ」

俺は、彼の腰に手をまわして引き寄せながら、

「脱ぐのはあと数時間後。それまで君の浴衣姿を堪能《たんのう》させて欲しい」

「……雅樹ったら……！　ええと、あの……あなたもすごく素敵です」

俺は、適当に選んだ濃紺の浴衣を見下ろして、

「ああ、この浴衣か。この旅館はけっこういい趣味のものを揃えているね」

「あの……浴衣のことじゃなくて」

晶也は、潤《うる》んだような瞳で俺を見上げて、

「……浴衣を着たあなたが、素敵です」

いつも色っぽいその少しかすれた声が、今はますます甘く聞こえる。

「君がそう言ってくれるのなら、苦労して帯を結んだ甲斐《かい》があった。……晶也」

「……はい」

俺は、彼を抱き寄せて、

「今すぐに脱がせて、このまま抱きたい」

髪にキスをしてやると、晶也はピクリと震え、それからとても照れたような声で、

「ダ……ダメです。この後は卓球大会があって、食事をして、その後には飲み会とカラオケ大会があるって、柳くんと広瀬くんが……」

口では言うが、抱きしめた晶也の鼓動が速い。

「君が考えていることを、当ててみようか？」

「え？」

「……『本当は、今すぐに抱かれたい』かな？」

耳元に囁きを吹き込んでやると、晶也はまたピクンと身体を震わせて、

「……あ……っ！」

「本当なら、二人だけで旅行をして、俺は浴衣姿の君をすぐに抱けるはずだった。でも、仕方がないから、あと数時間は我慢しよう」

「……んん……」

耳たぶにキスをすると、晶也は我を忘れたように小さく喘《あえ》ぐ。

「……くじ引きで一等を取った人は、離れの和室に部屋をチェンジできるらしいね」

「……そういえば、そんなことを言ってたような……ああ、ん……」

首筋に唇をつけると、晶也は感じてしまったように俺の浴衣の布地をキュッと握りしめる。

「……離れには、専用の露天風呂がついていると聞いた。これはぜひとも勝って、君と露天風呂に入るという夢を実現させないと。君からのごほうびも楽しみだし」

囁いてやると、晶也は露天風呂に入ったら何をされるのかを想像したらしい。

「……あ……雅樹のイジワル……」

俺の胸に額を押しつけ、泣きそうな声で囁く。俺がさらにイジメようとした時、

「晶也さん！　入っていいですか？」

廊下と部屋を隔《へだ》てる襖の方から、叫ぶ声がした。これは……、

「……一則くんか。君のこんなに色っぽい浴衣姿を、ライバルに見せるのは悔しいな」

俺が囁いてため息をつくと、晶也は慌てたように俺の腕をすり抜けながら、

「……もう。大人げないです、雅樹。一則くんは中学生ですよ？」

あきれたように囁く。襟元が乱れていないかを確認してから、部屋を横切り、襖を開いて、

「一則くん。どうぞ、入って」

俺の気も知らず、ライバルを部屋に招き入れてしまう。

できるだけ大人びて見える浴衣を選んだのだろう一則くんは、黒の浴衣に茶色の帯を低く締めていた。

彼は背は高いが、肩や胸はまだ発育途中という感じだ。ムリに大人びた浴衣を選んだことで、彼は自分の体型の不安定で若いイメージを心ならずも強調してしまっている。

しかし、晶也を見つめるその切れ長の目の奥には、男っぽい強い光があった。

一則くんは、部屋に一歩踏み込み、後ろ手に襖を閉めて、ふと立ち止まる。

「晶也さんって、本当に浴衣が似合う」

晶也を真《ま》っ直《す》ぐに見つめて、低い声で言う。

「とても綺麗です」

晶也は、彼の視線や言葉に含まれている意図がまったく読み取れていないようで、無邪気に笑って言う。

「綺麗っていう形容詞が当てはまるか謎《なぞ》だけど、ありがとう。一則くんも似合ってるよ！」

……この歳《とし》で、すでに攻の素質がじゅうぶんだなんて。

俺は内心ため息をつきながら、

……まったく。末恐《すえおそ》ろしいライバルの出現だな。

「晶也さん。襟が乱れてますよ」

一則くんは言って、少しも乱れていない晶也の襟元に手を伸ばす。

「え？　ああっ！　僕、浴衣って着方がわかってなくてっ！」

晶也はさっき俺に乱されたと思ったのか、慌てたように言う。

「大丈夫。僕が直してあげますから」

一則くんは、晶也の襟元に手を触れる。襟を直すフリで布地に指を滑らせ、偶然《ぐうぜん》のように晶也の首筋から耳たぶまでの道筋を、指先で撫で上げる。

「……あ……っ？」

晶也は、驚いたように声を上げる。そこは、俺が開発した、晶也のとても感じやすい弱点のうちの一つだったからだ。

晶也は声を上げてしまったことに照れるように、慌てて、

「ごめん、くすぐったかったんだ！　……直してくれてありがとう！」

少し赤くなりながら言う。

一則くんは、晶也に声を上げさせたことに満足したようにうなずく。

それから、なんとなく得意げな顔で、ふいに俺を振り返る。

彼のその挑戦的な目に、俺は内心苦笑する。

……その闘争心《とうそうしん》。本当に立派な攻になりそうだな。

思った時、廊下に続く襖の向こうから、ドタドタと走ってくる足音が聞こえた。

「失礼しまーっす！　開けますよー！」

柳の声がして、襖に手がかかる音がする。が、広瀬が、

「ダメだ、ヤナギ！　あきやさんが着替えてたらどうするんだよっ？」

叫んでいるのが聞こえる。俺と晶也は思わず顔を見合わせてしまう。広瀬の声が、

「……あのお、あきやさん、もう着替え終わりました？」

その、恐る恐る、という口調に、晶也は小さく吹き出してから、

「着替えは終わってるけど」

「それなら失礼します」

声がして、襖が開く。目を上げた広瀬は、晶也を見つめていきなり顔を真っ赤にして、

「……わ……あきやさんの浴衣姿……！」

柳が爆笑して、

「浴衣姿くらいで真っ赤になっててどうする？　卓球大会の後はみんなで露天風呂だぜ？」

「……やばい！　おれ、あきやさんと混浴したら、本気で鼻血を噴くかも！」

……なんとか口実をつけて、晶也（と悠太郎。アントニオが風呂で発情するといけないの

で）を、ほかのメンバーとは別に風呂に入らせなくては。

俺は、ため息をつきながら思う。

……これ以上ライバルが増えたら、とても防ぎきれない。

*

「……というわけで、『浴衣で温泉卓球大会』でーす！」

「待ってましたー！」

広瀬の声に、悠太郎が叫ぶ。

本当は晶也と二人きりで過ごしたかった俺は、早く終わって欲しい、とため息をつく。

この旅館には遊戯室があり、古い卓球台が一台置いてあった。旅館に残っているメンバーは、全員そこに集合している。

瀬尾とその恋人は、さりげなくドライブに出かけていった（というか、田端にデートを邪魔されないようにさっさと逃げたらしい。お洒落なカフェを調べていたから、今頃はロマンティックなデートを楽しんでるだろう）。

釣《つ》り好きの三上は、船を借りて夜釣りに行くのを楽しみにしていた。お子さま三人はまだ夜釣りに行くのは早いと言って一人で行く予定だったらしいが、ちょうど田端が暇《ひま》そうだったので、釣り初体験の彼を引っ張って、うきうきと出かけていった。

だから、卓球場にいるのは、残りの十一人。

広瀬と柳、アントニオと悠太郎、野川と長谷、三上家の息子が三人、そして、晶也と俺だ。

「それでは、今からチーム分けを発表しまーす！　卓球経験者の野川さんと長谷さんが一チーム！」

「中学校の時にクラブ活動で、だけどね～」

「あたし、けっこう強かったよ！」

柳の言葉に、野川と長谷が口々に言う。

「ガヴァエッリ・チーフと悠太郎さん！　そこに三上幸二くんと三太くんも加わります！」

悠太郎の腰にしがみつくようにしている、水色と萌葱色《もえぎいろ》の子供用浴衣を着たお子さま二人が、黄色い歓声を上げる。

悠太郎とお子さま二人はとても元気だが、アントニオは心なしかグッタリしている。

「……どうしました？　世界に名だたる大企業、ガヴァエッリ・ジョイエッロの副社長ともあろう人が、子守疲れですか？」

皮肉を込めて囁くと、アントニオは深いため息をついて、

「悠太郎と二人で子守など、まるで夫婦のようでとても楽しい。そうではなくて、悠太郎の色っぽい浴衣姿を前にしながらおあずけ状態なことが、とてもつらいんだ」

「そして、黒川チーフとあきやさん！　そこに三上一則くんも加わります！」

……何……？

「晶也さん。一緒ですね。おれ、がんばります」

その声に目を上げると、一則くんはさりげなく晶也の両手を握りしめていた。

そして、挑戦的な横目で、チラリと俺の方を見る。

……まったく、この子は……。

「あ、うん。よろしくね！」

晶也は人の気も知らず、一則君に向かって可愛い顔で笑いかけ、彼を赤面させている。

「あ、この野郎、一則！　あきやに触るんじゃない！」

「あっ、一則くん、あきやさんの手を気軽に握ったらダメだよ！　あきやさんはうちのデザイナー室のマドンナなんだから！」

悠太郎と広瀬が言って、二人で一則と晶也を引き剝《は》がしている。柳が笑いながら、

「ああ〜、あきやさんに必要以上に触るのは禁止！　怒る人がたくさんいるので、手を触《ふ》れないように！」

「ええ〜、どうして〜？」

「抱きついちゃえ〜！」

三上家のお子さま二人が言って、パタパタと走り、晶也の腰にギュッとしがみつく。

「あきやお兄ちゃんって、いい匂《にお》い〜」

「綺麗だし、優《やさ》しそうで、すき〜」

晶也の臍《へそ》のあたりに頬を擦《こす》りつけている二人を見て、一則くんが真剣な声で、

「……チビたちが本気でうらやましい……！」

呟《つぶや》いたことで、メンバーは思わず爆笑する。柳が笑いながら、

「卓球大会で優勝したチームのメンバーは、賞品としてこの旅館の売店で、お好きな熱川みやげを選んでオッケー！　ただし千円以内っす！」

スカッシュかテニスなら自信がある。しかし、卓球をするのは初めてだ。

……とはいえ、晶也とチームを組むからには、ほかの男に負けるわけには……。

思いながら見まわすと、晶也は一則くんに卓球の素振《すぶ》りを教えてもらっていた。後ろから抱きしめるような格好で一則くんは満足げだ。俺は二人を引き剝がすために部屋を横切りながら思う。

……まったく！　油断も隙《すき》もない……！

AKIYA 2

結局、卓球大会の優勝は、悠太郎のいるチームだった。卓球初体験なのにガヴァエッリ・チーフとものすごい試合を繰り広げた雅樹も……さすがに、あのお子さま二人には勝てなかったんだよね。

お子さま二人は、優勝賞品の『熱川』と書いてある提灯《ちょうちん》を抱えて、とっても満足げだ。

僕らが食事のために通されたのは、三十畳くらいの畳敷きの宴会場だった。

宴会場といっても、ひなびた雰囲気の広い和室で、行灯《あんどん》とかも灯《とも》っていて、なかなか落着いていていい感じ。

部屋の隅には、古い形式だけどいちおうカラオケセットらしきものもあるから……このメンバーじゃ、ごはんの後はカラオケありの宴会になりそうだけどね。

「この船盛《ふなも》りは、大富豪、ガヴァエッリ家のご子息からのプレゼントでーす！」

広瀬が言うと、全員が大騒ぎをして拍手をする。ガヴァエッリ・チーフは、

「いや、当然のことだよ、諸君《しょくん》。いつもの君たちの働きに感謝して……」

「本当は、『フナモリ』がなんだか見たかっただけじゃないの？」

悠太郎がいぶかしげにツッコミを入れる。ガヴァエッツリ・チーフは肩をすくめ、

「まあ、それもあるが、日本文化の探究のためにね」

一人ずつの漆塗《うるしぬ》りのお膳《ぜん》には、手漉《てす》きの和紙に墨《すみ》で書かれた本日のメニュー。

ガヴァエッツリ・チーフはそれを珍《めずら》しそうに眺《なが》めて喜んでいる。

メニューによると……『八寸替《はっすん》わり』に珍味《ちんみ》盛り合わせ、『先付』に北寄貝《ほっきがい》の香草《こうそう》仕立て、『お椀《わん》』に湯葉《ゆば》と若水菜《わかみずな》のお澄《す》まし、『造り』に伊勢《いせ》エビの刺身、『手塩』にはホタテの湯葉包み揚《あ》げ、『煮物』には冬野菜の翡翠《ひすい》煮、『焼き物』に牛フィレ肉の石焼、『熱々物』にふぐちりの小鍋仕立て、『食事』に鯛《たい》のご飯、デザートはヤマモモのシャーベット。

メニューを見るだけで気が遠くなりそうだけど、洒落た器《うつわ》にほんの一口ずつって感じに美しく盛られていて……これなら全部いけそう。

窓の向こうには、ライトアップされた日本庭園と、その向こうの竹林。

冬の景色を見ながら、あったかい部屋で冷たいお刺身を食べるなんて……本当に贅沢《ぜいたく》だ。

グルメな雅樹も、これはすごい、って顔で、箸《はし》を進めてる。

美味しいですね、と言うと、いつもの優しい顔で笑い返してくれる。

……うん、広瀬くんと柳くんは、すごくいい旅館を見つけたみたいだな。

MASAKI 3

「数の書いてある紙はみんな行き渡りましたか〜？」

「それでは っ！　待望のくじ引き、いきます！」

幹事の柳と広瀬が、叫ぶ。

「一位の賞品は、離れのスウィートに部屋をチェンジ権！　専用露天風呂もあるっす！　ちょうど空いてるし、団体さんだってことで、一部屋だけ、美人の女将《おかみ》からのプレゼント！」

料理を運んで来た女将が、メンバーの歓声に応えてにっこり笑う。

「二位は、ガヴァエッツリ・チーフ提供《ていきょう》の……この旅館の浴衣ギフト券！」

「ええと、みんなが着てる浴衣と同じモノが売店でも買えるんですけど、実はこれ、けっこう高いんっす」

「太っ腹のガヴァエッツリ・チーフが、そのお金を出してくれるそうです」

ピンクの浴衣の野川と、赤い浴衣の長谷が身を乗り出して、

「欲しいっ！　そして今年の夏の花火に着たいわーっ！」

「さっき見たら何万もするのよっ！」

「三位は、会社の近所のイタリアンレストラン、『リストランテ・ラ・トーレ』のディナーをペアで！　これは黒川チーフからでーす！」

メンバーが歓声を上げる。野川が、

「あそこのディナーも何万もするのよ〜！」

広瀬が、たくさんの東急ハンズの紙袋を示しながら、

「四位以下は、とりあえずこんな感じの福袋を用意しました！　たとえビリでも何かしらもらえます！」

「がんばるぞーっ！」

悠太郎が、拳を振り上げる。

俺の隣に座ったアントニオが、イタリア語の小声で、

「一位はいただきだ。ユウタロとの甘い夜。その時は、あのチビちゃんたちはおまえに任せるからな」

「負けません。俺が勝ったら、一則くんをあなたに任せます」

「こらーっ、そこーっ！　何を睨み合ってるんだよーっ！」

悠太郎が、俺たちに気づいてあきれたように叫ぶ。

「それではまずは三位から〜！　ダカダカダカダカダカ……」

柳が口でドラムロールを奏でながら、くじの入った箱をかき回し……、

「三位のディナーは……八番の人ですっ！」

瀬尾の恋人の恵子さんが、歓声を上げて立ち上がる。俺に頭を下げてから、嬉《うれ》しそうにディナー券をもらっている。

「そして二位の浴衣は……二番の人！」

メンバーは自分の持っているカードを見直しているが……誰も名乗り出ない。

抽選《ちゅうせん》に気を取られていたメンバーたちは、それぞれあたりを見まわし……、

「晶也さんって、けっこうお酒に強いんだね。ねえ、もう一杯だけ飲んでみて？」

一則くんが、晶也のお猪口《ちょこ》に、さりげなく熱燗《あつかん》を注《つ》ぎ足している。

「おれ、まだ何年もお酒は飲めないから、おれの代わりに、ね」

「……あんまり飲むと酔《よ》っぱらっちゃうよ。もうこれでおしまいだからね？」

その口調はいつもより柔《やわ》らかく、語尾のかすれる声はいつもよりさらに甘く……。

晶也の頬は桜色に染まり、身体からは力が抜けて片手を畳についている。

さっきの卓球で少し乱れた襟元、正座が崩《くず》れて横座りのような格好になったところが……。

「……うっ、酔っぱらった晶也さんって、めちゃくちゃ色っぽい……！」

広瀬が、今にも鼻血を噴きそうな顔で呟く。俺は、

「篠原くん」

晶也は、ゆっくりと顔を上げ、ウルウルと潤んだ瞳で俺を見上げる。

「……あ……黒川チーフ……？」

……これは、だいぶ酔っぱらっている。

……酒に強い晶也がこんなふうになるなんて珍しい。そうとう飲ませたな？

俺は一則くんに対して憤慨《ふんがい》しながらも、晶也の手元を指さして、

「君が……二番じゃないのかな？　二番の人に浴衣ギフト券が当たったんだよ」

「……へ……？」

晶也は、畳の上に置いてあった、「2」と書いてある自分のカードを見直し、

「あっ、そうなんですかっ？　すみませんっ！」

慌てて立ち上がろうとするが、足をもつれさせてふらりとよろける。

俺は慣れたタイミングで立ち上がって、その身体を支える。

「彼は酔ってしまったようだ。部屋に連れて帰るよ」

酔いで熱くなった晶也の身体を、そのまま抱き上げる。

「……あっ、黒川チーフ……大丈夫です、歩けます……」

晶也は、真っ赤になって言う。呆気《あっけ》にとられた顔をしていた柳が、

「わ、わかりました！　そしたら、これ、後で、あきやさんに！」

『賞品』と書かれた封筒を、俺の袂《たもと》に入れてくれる。

俺は、晶也を抱いたまま、宴会場のメンバーを見渡す。最後に一則くんに視線を合わせて、

「それでは、俺と篠原くんは、今夜はこれで失礼する。……おやすみ」

恥ずかしそうに硬直する晶也を抱いたまま、宴会場を出る。

「かぁ〜っこいい〜っ！　さっすが黒川チーフっすね〜！」

柳が叫んでいるのが聞こえる。野川と長谷の声も、

「いやあ〜ん！　たまんない〜！　温泉に来てよかったわあ〜！」

「浴衣姿の酔ったあきやくんを、浴衣姿も凜々《りり》しい黒川チーフが抱き上げて、きゃ〜！」

俺の腕の中の晶也が、泣きそうな顔で身じろぎをして、

「ま、雅樹……下ろしてください……恥ずかしいから……っ」

「別の男に酔わされたお仕置きだ。布団《ふとん》まで下ろさないよ」

「だ、だけど、旅館の仲居《なかい》さんとかに見られたら……」

「酔ったフリをしていればいい。公衆の面前でイチャつけるこんな機会は、なかなかないんだから」

言うと、晶也はさらに頬を染め、それから俺の胸に額を押しつけて、甘い甘い声で、

「……もう。雅樹の、バカ……」

……ああ、廊下に押し倒して、このまま奪ってしまいたい……！

＊

「おれ、ここで寝てもいいですか？　晶也さんと同じ部屋で寝たいなあ」

部屋を訪ねてきた一則くんが、懲《こ》りずにこんなことを言う。

俺は、半分本気で怒りながら、それを抑えるためにため息をつく。

本当に飲み過ぎたようで、晶也はさっきまでぐったりと横になっていた。

しかし一則くんの来訪に、また起き出してしまった。

晶也は、まだ少し赤らんだ頬をしながらも笑って、

「一則くんったら、もう中学生なのに、しょうがないなあ」

……『もう』中学生なのに、ではないだろう！

俺を威嚇《いかく》するように睨み付ける彼の目の中には、まだ中学生とはいえ、一人の男としての感情が燃えている。

……『まだ』中学生なのに、こんなに男っぽい目をするなんて！

「いいですよね、晶也さん？」

俺は、一則くんの強引さに頬を引きつらせつつ、

「残念だが、布団は二組しかない。自分に割り当てられた部屋で眠りなさい」

言うと、一則くんは、

「弟たちは悠太郎さんたちの部屋で寝ちゃってるし。たまには家族以外の人と寝たいなあ」

こんな時だけ可愛いことを言う。

「そうだよね、せっかくの旅行だし……そんなものかもしれないね」

純真な晶也は、彼の言葉を信じたようで、すっかり同情したように言う。一則くんは、

「家族以外の大人の人と一緒に旅行なんて、なかなかできないし……」

寂《さび》しそうに言う。だが俺を見る挑戦的な目が、それがただの演技ということを示している。

……なんて達者《たっしゃ》な芝居《しばい》だ。

俺は内心、舌を巻きながら、

……これは将来、大物の攻になりそうだな。だが……。

俺は、軽く睨み返してやりながら思う。

……お遊びのうちなら許すが、晶也に本気になられたらそれこそ困るよ、一則くん。

「篠原くんは飲みすぎて具合がよくない。彼がこんなに酔ったのは君の責任だよ」

言うと、一則くんは驚いたように目を見開く。

「好きな人をこんなに酔わせるなんて、男として失格だ。……部屋に帰りなさい」

一則くんは苦しげな顔で俺を見つめ、それから走るようにして部屋を飛び出していった。

AKIYA　3

一則くんから電話がかかってきたのは、それから一時間くらい後だった。

雅樹は仕事の用事が入ったみたいで、FAXのある旅館の事務室に行っている。

僕の具合を心配してくれてたけど、ちょっと寝てたらすっかり酔いのさめた僕は、彼を部屋から押し出して。ちょうどそのタイミングを見計らったみたいに、一則くんからの電話。

『……晶也さん。飲ませすぎてごめんなさい。まだ具合が悪い？』

彼のものすごく心配そうな声に、僕は笑ってしまいながら、

「大丈夫だよ。ちょっと寝たらもう酔いはさめた。本当はお酒には強いんだけど、卓球の後だったから回ったみたい。心配させてごめんね」

『それならいいけど……実は、ちょっと相談があるんだ』

一則くんは、なんだかすごく真剣な声で言う。

……なんだろう？　学校のこととか？　……ちょうど多感な年頃っぽいもんね。

「何？　僕でよければなんでも聞くけど？」

『電話じゃ言えない。着替えて、旅館の裏の林に来て。待ってるから』

……一則くんと二人だけになったら、また雅樹に心配をかけちゃいそう……！

「待って、一則くん、僕……」

『待ってるから』

それだけ言って、プツンと電話が切れる。

……う……これじゃ、行かないわけにはいかないよね……。

＊

僕は、旅館の裏の林で、一則くんと向き合っていた。

真冬の風が、常緑樹の葉をザワザワと揺らしていく。

まるで雪でも降りそうなほど寒い、と思っていたら、風の中にチラチラと舞い始めたのは
……雪。

浴衣からシャツとジーンズに着替えてコートも着てきたけど……さっきまで酔っていた身体で、この雪の降る屋外に立っているのは……けっこうきつい。

「……ええと……相談って、何、かな……？」

やっとのことで言うけど、歯の根が合わない。ジーンズの足元から、このまま凍《こお》り付いてしまいそう。

「明日で旅行はおしまいだ。このままじゃ、あなたとも明日でお別れだ」

一則くんは、ものすごく真面目な顔で僕を見つめて言う。

……ああ、こんな顔されたら、凍《こご》えそうだから部屋に帰りたいなんてとても言えない……。

「ああ……うん、そうだね、残念だけどそれは……」

「そんなのいやだ。東京に帰っても、二人だけで会って欲しいんだ」

「……え……？」

呆然とした僕の身体が、いきなり彼の腕の中に強引に抱き込まれる。

一則くんのコートの襟に、つけたまま忘れられているらしい校章のピンがあった。それが僕の首筋に押しつけられ、そのままギュウギュウ抱きしめられて、当たったところがけっこう痛い。

「……ええと、いた、一則くん……」

「好きだ！　付き合って欲しいんだ！」

「……えっ……？」

思わず顔を上げた僕に、いきなり彼の顔が近づいてくる。

……え？　え？　え……？

「好きだ！」

驚いて硬直した僕の唇に、ギュウウッと押しつけられる、彼の唇。

……うわあ、なんで、キス……？

「……んん……嫌だ……っ！」

僕は暴れて、彼の胸を押しのける。彼はすごく傷ついたような顔で、

「どうして？　おれのことが嫌い？」

その甘えるような目に、良心がズキリと痛む。だけど、僕は心を鬼《おに》にして、

「嫌いじゃない。でも僕には心に決めた人がいるんだ」

「じゃあ、どうしておれに優しくしたの？」

「そ、それは……恋愛対象としてじゃなくて、可愛い年下の子として見ていたからだよ。だって、君はまだ中学生だし……」

一則君は呆然とした顔で僕を見返し、いきなり怖いほど獰猛《どうもう》な顔になって僕を見つめて、

「子供じゃないことを証明すればいいの？　それなら……」

「そこまでだ」

いきなり聞こえた低い声に、僕も一則くんも驚いて振り向く。

旅館からの小道、常夜灯《じょうやとう》の光を背にして立っている。その美しいシルエットは……、

「……黒川チーフ……」

僕は、不思議なほど安堵《あんど》してしまう。

「黒川さん！　邪魔しないでください！　あなたには関係ないでしょう？」

一則くんは、怒ったような声で叫ぶ。雅樹はかぶりを振って、

「そうはいかない。なぜなら、篠原くんの心はすでに俺のものだからね」

歩み寄ってきた雅樹は、一則くんの腕から僕の身体を奪い返して、

「……震えている。雪のなか、こんな寒いところで、可哀想に」

言って、僕の身体をその逞しい腕の中に抱きしめる。

……ああ……雅樹の胸だ……。

僕は、そのあたたかさに、一瞬、一則くんの存在を忘れて、陶然《とうぜん》としてしまう。

「晶也さん。それって、本当ですか？　この人と、付き合ってるんですか？」

どうしよう、とアセる僕を、雅樹はキュッと抱きしめてくれて、

「それは君にはもう関係のないことだ。君は振られた。篠原くんのことはあきらめなさい」

「……振られたことより、晶也さんの『まだ中学生だし』って言葉の方がショックかも」

ふっと自嘲《じちょうてき》的に笑って、

「……最初から、恋愛対象として見てもらえてなかったんだね、おれ」

言って、砂利《じゃり》を鳴らして彼が走り去る。僕は青ざめてしまいながら雅樹を見上げ、

「……僕は、彼のプライドを傷つけてしまったんでしょうか？」

心がズキリと痛む。

……ああ、そんなつもりじゃなかったのに……。

「……すぐに行って、謝った方がいいでしょうか？」

言うと、雅樹はため息をついて、

「今行って優しくなどしたら、彼がまた誤解するよ。すぐに追いかけてきてくれたのだから自分にも少しは希望があるのではないかと。……まさか、俺と別れて彼と付き合う気がある？」

「ないです！　彼は三上さんの息子さんで、いい子だと思うけど、それとこれとは……」

「それなら行くんじゃない。彼には、自分が失恋したと自覚する時間が必要だ」

「そ……そんなものでしょうか？」

「そんなものだ。それに君には、ほかにするべき大事な仕事があるだろう？」

「……え？」

雅樹は、僕のことを厳しい顔で見下ろして、

「怒ってしまった君の恋人を、きちんと慰《なぐさ》めるという仕事がね」

＊

雅樹は、僕を自分のマスタングの助手席に放り込み、そのまま車を走らせた。どこに行くんですか、という問いに、雅樹はうちの別荘に行くって答えて。

熱川から、雅樹の家の別荘がある伊豆高原までは車でほんの三十分。

暖房の効《き》いた車内はすごく気持ちよくて、僕はその間うとうとと眠っていて。

目を覚ましたら、目の前は雪の降りしきる竹林。車はどこかの山奥の道に停車していた。

不思議に思って、別荘に行って話をするんじゃないんですか？　と聞くと、雅樹は、それではお仕置きにならないだろう？　って僕を抱きしめ、そして……、

「……ほかの男に、キスを許してしまうなんて」

言いながら、雅樹が僕の首筋に歯をたてる。

「……ああ……！」

「……悪い子だ。今夜はきつくお仕置きだよ」

「お、お仕置き？」

「うんと恥ずかしいことをさせてしまいたい」

雅樹は運転席の座席を調整するレバーを引き、シートの位置をできるだけ後ろまで下げる。

「……おいで」

雅樹が、自分の膝《ひざ》の上を示す。

「え？」

呆然とする僕の手を取り、雅樹は、

「おいで。でないと無理やり引き寄せるよ？」

「え？　ええ？」

僕は、いったい何が始まるのか予想もつかず、ますます呆然とする。

雅樹は、僕の両腕の下に手を差し入れ、

「おいで。ここをまたいで。座って」

「え？　ええええっ？」

僕は彼に抱き寄せられ、彼の膝の上、しかも向かい合った形で座らされてしまう。

「……たしかにこんな格好は恥ずかしいです。だけど、これっていったいなんの意味が？」

言うと、彼はクスリと笑って僕の腰を引き寄せる。

「すぐにわかるよ」

雅樹の指が、僕のコートを脱がせ、シャツのボタンを一つずつ開いていく。

「……え？　待ってください、雅樹……」

彼の指の動きを感じるだけで、僕の身体は熱くなってしまうけど……。

「……こんなところ……誰かに見られたら……」

力なく抵抗する僕に、雅樹はクスリと笑って、

「ここはもううちの所有地だ。ほかの人間は入ってこない」

「……で、でも、万が一……」

「見られたら見られたで、思い切ってカミングアウトする。いい機会だろう」

彼の声はまんざら冗談でもない感じで、僕はますますアセる。

……確かに、ここに入る前、私有地の入り口には電動式の門があったけど……。

「もし誰かが入ってきてしまったとしても、雪が二人を隠《かく》してくれる」

両側を竹藪《たけやぶ》に挟まれたすごく細い道だから、人が来るとしたら後ろからだろう。

フロントガラスにも、リアガラスにも、雪が真っ白に降り積もって、まるで白いスクリーンを下ろしたみたい。

「……だけど、こんなところで……」

言うけど、彼のハンサムな顔は容赦《ようしゃ》なく近づいてくる。

「愛しているよ、晶也」

真っ直ぐに見つめられて、身体が熱くなる。

……ああ、もう、何も考えられない……。

「僕も……愛してます、雅樹……」

彼は満足げに笑い、それから僕のシャツをそっとはだける。

「寒い？」

車内は少し暑いくらいに暖房が効いている。僕は、

「……寒くはないです。でも……」

乗り慣れたこの車内。そこで肌をさらしてるなんて……、

「……は、恥ずかしいです……」

雅樹はクスリと笑って、

「恥ずかしくても、許してあげないよ。今日一日、ほかの男と一緒の君を見て、俺がどんな

に苦しんだか、わかる？」

言いながら、雅樹が僕の首筋にキスをする。

「……あっ……」

「君は、俺だけのものだと、きちんと教えなくては」

彼の唇が滑り、鎖骨にキスをする。

「……あっ……！」

僕は、ヒクンと震え、思わず背中を反《そ》らしてしまう。

「本当に感じやすいんだから」

囁いて、突き出す形になっていた胸の先端に、彼がキスをする。

「……あっ！」

乳首の先に、彼の柔らかな唇が、何度も軽いキスを繰《く》り返す。

「……ああっ……んっ……！」

身体を走った電流に、僕は思わず身体を震わせ、彼の頭にすがりついてしまう。

「どうしたの？　軽いキスくらいじゃ満足できない？」

「……あ、ちが……ああっ！」

彼の舌が、僕の感じやすい乳首の先を、じらすようにゆっくりと舐《な》め上げた。

「……んんーっ！」

身体を痺《しび》れさせる快感が、圧倒的な熱になって、僕の脚の間に集まってくる。

「……やあ……っ！」

濡《ぬ》れた唇に乳首を包まれ、チュッと吸い上げられて、腰が勝手に跳《は》ね上がってしまう。

「エッチな子だな。こんな格好で、腰を揺らしてしまって」

「……ちが、ああ……っ！」

僕は、雅樹の腰をまたぐようなすごく恥ずかしい格好をしていることにあらためて気づく。

「……は、恥ずかしいです……だから、もう、許して……」

言って身じろぎする僕を、彼はキュッと捕まえる。

「許さないよ。これはお仕置きだからね」

彼は言って、僕のジーンズのファスナーを下ろし、そこから手を差し入れる。

「……やっ、ダメです、雅樹……！」

僕は、自分がもう屹立《きつりつ》をとても硬くしてしまっていたことに気づく。しかもそれだけじゃなくて……。

「こんなに濡らしてしまって。いつも感じやすいが……今夜はさらに感じている？」

囁かれ、屹立をキュッと扱《しご》かれて、僕の身体が勝手にビクンと跳ね上がってしまう。

「……ああ、いや……っ……」

先端に蜜《みつ》を塗り込められて、僕は我を忘れる。そして言葉とはうらはらに、彼の頭を抱き

寄せてしまう。彼は小さく笑って、

「エッチな子だ。もっと、ここに、欲しいの？」

イジワルに囁きながら、僕の胸の先端に、チュ、とキスをする。

胸にキスを受けながら、指を巧《たく》みに動かされて、僕の背骨にたまらない快感が走る。

「……はっ……あぁ……雅樹ぃ……っ！」

僕の背中がクッと反り返ってしまう。腰が、勝手にまたヒクンと跳ね上がる。

「……も、もう許して……雅樹……」

「許さないよ。お仕置きだからね」

「……ダメです、こんな……あぁっ……！」

雅樹は、その巧みな指と舌と唇で、僕の心も身体も、トロトロに熔《と》かしてしまう。

朦朧《もうろう》としている間に、彼は僕の脚を上げさせ、ジーンズと下着を剝ぎ取ってしまい……。

僕は、この雪のなか（ヒーターと彼の体温で寒くはないんだけど）、前を開かれたシャツをまとわりつかせただけの裸で……。

「急がないで。ゆっくりだよ」

逞しい彼の欲望が、下から突き上げる形でキュッと当たる。先端が、ググ、と押し入ってきて……でもジラすようにすぐに離れてしまう。

彼の両手に腰を支えられた格好のまま、僕は喘いだ。

「……や……お願い……」

蕩けさせられた僕の蕾《つぼみ》は、彼を待って震えてしまっている。

「エッチな子だ。こんな格好でおねだりするなんて」

彼が僕の腰をゆっくりと下ろさせ、そのまま僕の中に屹立を挿入する。

僕の体重で、僕らはそのままとても深いところまで繋《つな》がってしまって。

苦しいほどの圧迫感が、もう耐えきれないほどの快感に変わりそうで。

僕の蕾は、僕の言葉とはうらはらに、震えながら彼を締めつけてしまっている。

「ダメ、と言いながら……」

今度はゆっくりと突き上げられて、僕は快感に身体を痺れさせる。

「……ああ、んっ……！」

「……ここはもう蕩けそうだけど？」

「……イジワル……キライです……」

黙って、というように下からグイッと突き上げられて、僕は思わず雅樹の首にすがりつく。

そのまま獰猛に貪《むさぼ》られたら、もう何もかも解らなくなる。

雅樹は、快感に反り返る僕の背中を、片手でしっかりと支えてくれている。

そして、もう片方の手で、蜜を垂《た》らした屹立を容赦なく愛撫《あいぶ》する。

「……あっ……あぁっ……！」

……本当に信じられない。だって、こんな場所で、こんなふうに感じちゃうなんて……。

「……雅樹、雅樹……っ！」

僕は、自分の身体が恥ずかしくて、泣いてしまいそう。

「……もう……もうダメです、お願い、雅樹……！」

僕の唇から、必死の声が漏《も》れた。雅樹はイジワルに、

「そう簡単にはイカせないよ。ほかの男にキスを許したりして。『ごめんなさい』は？」

「……ご、ごめんなさい……お願い……イカせてください……！」

「悪いことをすると、お仕置きされると憶《おぼ》えておくんだよ？　わかった？」

「……はい……ごめんなさ……あ、ああー……っ！」

一番感じる場所を突き上げられ、指で巧みに愛撫されて、目の前が雪景色よりも白くなる。

そして僕らはとてもイケナイ場所で、とても淫《みだ》らな格好で抱き合ったまま、駆け上り……。

＊

昨夜、あの後。雅樹は、旅館に、「遠出をしすぎたので少し帰りが遅くなる」と電話し、玄関を開けておいてもらった。そして、みんなが寝静まったであろう頃を見計らって、宿に帰った。

だって、昨夜の僕はきっと、蕩けそうな顔をしてたから。

そして朝。荷造りを終えたメンバーは、駐車場に集合していた。リムジンの前に立った悠

太郎が、大あくびをしながら言う。

「……ねむ～……オレ、一睡もしてないんだよ～！」

「ええ？　どうしちゃったの？　昨夜は例のスウィートで？」

「ガヴァエッリ・チーフと熱い一夜を？　きゃあ～っ！」

野川さんと長谷さんが、黄色い声を上げている。

そう。僕は酔っぱらって途中で部屋に帰ったけど……実は宴会の時のあの抽選で一位をゲットしたのは、なんと、ガヴァエッリ・チーフだったらしいんだ。

ガヴァエッリ・チーフが、眠そうな顔で、

「甘い一夜の予定だったんだが。専用露天風呂は珍しいので、三上家のチビちゃんたち二人を招待した。二人ともとても喜んで……それはいいが、そのまま朝までうちの部屋で騒ぎとおしで」

遊び疲れたチビちゃんたちは、すでに三上さんのバンの後部座席で熟睡《じゅくすい》中だ。

「晶也さん」

後ろから呼ばれて、僕はビクンと飛び上がる。

……この声は、一則くん。

おそるおそる振り返ると、一則くんはちょっと寂しそうな顔で苦笑して、

「別に何もしません。少しだけ、話をさせてください」

人目につかない場所に行ったらまた雅樹に怒られそうだから、僕らはみんなから少しだけ離れた、駐車場内で向かい合う。

「あなたの恋人は……本当に、黒川さんなんですね？」

一則くんの言葉に、僕は硬直する。彼は苦笑して、

「大丈夫。まだ大人にはなりきれないけど、誰かに言いふらすほど子供じゃありません」

「……一則くん」

一則くんは、その整った顔に、つらそうな、でもセクシーな笑みを浮かべて、

「あなたと、そして黒川さんに会えてよかったです。少しだけ、大人に近づけた気がする」

＊

「あれ？　道が違います！　広瀬くんたちの車、真っ直ぐ行きましたけど……！」

「いいんだよ。ここで解散だ」

「え？　でも、これからみんなでバナナワニ園に行って……解散は海老名だって……」

「……さて、篠原くん。君に頼みたいことがある」

雅樹は言って、僕に自分の携帯電話を渡し、

「もう少ししたら、広瀬と柳の車に電話をして、はぐれてしまったのでこちらはこちらで適当に観光してから帰る、と伝えてくれないか？」

僕はちょっと考えてから、ふと気づいて、

「……わざとはぐれましたね？」

雅樹は肩をすくめて、

「当然だよ。浴衣と卓球は楽しんだが、結局入れたのは内風呂だけ。うちの別荘に寄って、露天風呂に浸かり直そう。浴衣を脱がせるのも、まだ試していないし」

「ま、まさか、そのために、わざとはぐれたんじゃ……？」

彼は、茶目っ気たっぷりで片目をつぶって、

「当然だよ。パートナーと一緒の温泉旅行は、こうでなくては」

＊

雅樹の家の別荘には、旅館にも負けないくらいの広い露天風呂があった。

東京に戻る前に温泉に浸かっていこうって言われて、昨夜は結局一度も温泉に入れなかった僕は、喜んで、すぐに露天風呂に飛び込んで。

昨夜の雪が嘘《うそ》みたいに、爽《さわ》やかに晴れ渡った冬の空。

高台にある露天風呂からは、ものすごく広大な私有地（雅樹の家は本当にお金持ちなんだ）が見渡せる。

針葉樹《しんようじゅ》が植わった、なだらかな丘。濃い緑の葉の上に、昨夜の名残《なごり》の雪が残っている。湯けむりの向こうのその光景は、まるで一幅《いっぷく》の日本画みたいに綺麗だった。

だけど、景色に見とれていられたのも、少しの間だけで。

一足遅れて、雅樹が露天風呂に入ってきて。

湯けむりの向こうの僕の恋人は、やっぱりドキドキしてしまうほどハンサムで。

腰にタオルを巻いただけの、彼の裸。それは、本当に美しくて。

僕の身体は、一気に体温を上げてしまい、僕は思わず彼から目をそらした。

お湯に入ってきた雅樹は、そのまま僕を抱き寄せた。

頬を上気させた君があまりに色っぽいから、って言いながら。

そして今。僕をしっかりと抱きしめた雅樹が、上気した僕の肌に、ゆっくりとキスマークを刻《きざ》んでいく。

「……ああ……ん……」

昨夜の出来事を鮮明に憶えている僕の身体は、それだけで、たまらない快感に震える。

乳首の上に、彼の唇がそっとキスをする。

「……いや、ああっ……！」

乳首の先から、たまらない快感が、身体を駆け抜ける。

「……ダメです……昨夜も、あんなに……」

「昨夜は、嫉妬《しっと》して、逆上して、あんな場所で抱いてしまった」

苦笑混じりの声で、雅樹が言う。

「だから、今日は、ちゃんと時間をかけて抱いてあげるよ」

言って、今度は反対側の乳首にキス。

「……やあ……昨夜だって時間はじゅうぶん……ああ……！」

チュッと吸い上げられて、お湯の中の僕の屹立が、硬さを増してしまう。

「……ダメ、もう……！」

「もう？　まだほんの食前酒程度なのに？」

囁いて、雅樹の手が、僕の欲望を握り、そのままキュッと愛撫する。

「……あっ、あぁん……っ！」

僕はいきなり放ってしまいそうになり、必死で射精感をこらえながら、

「……ああ……イッちゃいます、雅樹……！」

「いいよ。何度でもイカせてあげるから」

甘い声で囁いて、僕の屹立を巧みに愛撫する。

「……あっ、あっ、ああ……っ！」

雅樹のもう片方の手が、僕の双丘の谷間を辿《たど》る。

昨夜あんなに感じさせられた僕の蕾は、指先でつつかれただけで、そのまま蕩けてしまう。

「……こんなに柔らかくして。昨夜のだけでは、まだ足りなかった……？」

「……違います、もうじゅうぶん……あ、いやぁ……」

キュッと侵入してきた彼の指が、僕の蕾の奥の、とても弱い場所を確実に攻めている。

「……お願いです……そんなことをしたら……もう……」

内部のポイントをキュッと刺激されて、僕の閉じた瞼《まぶた》の間から、涙が溢《あふ》れた。

「……ああ、ダメ……もう我慢できなくなるから……！」

「我慢しないでいい。何が欲しいのか言ってごらん？」

「……愛してます、あなたが欲しいんです……！」

雅樹が、僕に、優しいキスをしてくれる。

「……いい子だ。愛しているよ、晶也」

そして僕らはお湯の中で抱き合い、お互いの熱を心と身体に刻み込んだ。

大騒ぎだった僕らの初めての温泉旅行は……こうして甘く幕を閉じたんだよね。

ジュエリーデザイナーの祝祭日

AKIYA 1

「おやすみ、晶也《あきや》」

彼の甘い囁《ささや》き。あたたかな体温。

すっかりなじんでしまった心地いい彼の腕。

抱かれていると、どこにいるよりも安心する。

「おやすみなさい、雅樹《まさき》」

布地越し、彼の体温を感じる。

彼の紺色《こんいろ》の海島綿《シーアイランドコットン》のパジャマと、僕のクリーム色のシルクのパジャマ。

どちらも最高級の素材のそれらは、抱き合うときの衣擦《きぬず》れの音さえも優雅で。

彼のあたたかな手が、まるで猫《ねこ》にするみたいな優《やさ》しい仕草で、そっと僕の背中を撫《な》でる。

「……ん……」

香港《ホンコン》で買ってもらったそのパジャマの生地は、今にも蕩《とろ》けそうなほど柔《やわ》らかい。

撫でられる感触も、まるでとろみのある液体越しみたいにとてつもなく滑らかで。

「……あ……」

彼の手の動きは優しくて、そういう意図は感じられなかったけど……パジャマの布地のせいで、なんだか、愛撫《あいぶ》されてるみたいにセクシーな気分になっちゃいそうで。

「あ、あの、黒川《くろかわ》チーフ……ええと……」

「……ん？　……何？」

思わず身じろぎする僕を、彼は真《ま》っ直《す》ぐに覗《のぞ》き込む。

美しい月明かりの下、彼の体温を間近に感じるだけで……。

「な、なんでもないです。ただ……」

……ああ、どうしてこんなに甘い気分になっちゃうんだろう……？

僕の身体《からだ》が熱くなったのに気づいたのか、雅樹の瞳《ひとみ》にフッとセクシーな光がよぎる。

「……悪い子だ、晶也……」

そのハンサムな顔にすごくセクシーな微笑《ほほえ》みを浮かべて、

「……ベッドの上で職位をつけて呼ぶなんて……」

僕の髪に顔を埋め、耳たぶに口を近づけて、

「……悪い子には、お仕置きだよ……？」

耳元の産毛《うぶげ》を揺らす彼の甘い息に、僕は思わず喘《あえ》いでしまいそう。

「……ンン……」

「……抱きたい……」

間近に覗き込んでくる、うっとりするようなハンサムな顔。

その黒曜石《こくようせき》みたいな漆黒《しっこく》の瞳に見つめられているだけで、僕の身体は熱くなり……。

「……あ……」

「……よければ……目を閉じて」

囁かれたら、もう何も考えられなくなって……、

「……雅樹……」

僕はキスを受けるために目を閉じそうになり……、

「ダ、ダメです、雅樹。今夜は……！」

顔をそらす。彼は、少し驚いたように、

「どうした、晶也？　どこか具合でも悪い？　風邪でもひいた？」

心配そうに僕の額に手を当ててくれる。

「そ、そういうわけではないんです。ただ今夜は……」

言うと、彼はなんだかすごくセクシーな顔で笑って、

「君が拒むなんて珍しい。いつも見つめるだけで目を潤《うる》ませるし、さらにキスまですればもうそれだけで……」

「……あっ……」

僕は真っ赤になってしまいながら、

「ぼ、僕だってそういう気分じゃない時もあるんです！」

「本当？」

「本当です！　それじゃ、僕がとてもエッチみたいな……」

言うけど、キュッと抱きしめられたら、鼓動が速くなってしまう。

「……あ……ダメ……」

「抱きしめただけでこんなに甘い声を出すくせに……」

雅樹は僕の耳元にふっと息を吹きかける。それだけでピクンと震《ふる》えてしまう僕に、

「……それでも、エッチじゃないのかな？」

「……違いま……ん……！」

敏感な耳たぶにキスをされて、身体が痺《しび》れてくる。

滑らかなシルクの布地越しに、雅樹の手が僕の背中をゆっくりと撫で上げる。

「……あ……」

それだけで、僕は、いつもの彼の優しくて、そして激しい愛撫を思い出してしまって、

「……愛してるよ、晶也……」

その言葉で、最後のとどめを刺されたみたいに、もう何もかも解《わか》らなくなってしまって。

「……抱きたい。……いい……？」

その、甘い甘い誘惑の言葉に、思わず……今夜もうなずいてしまうんだよね……。

＊

「……またやっちゃった……」

僕は、暗がりを見つめ、ため息をつく。

あの後、ジラした罰、と言いながら、さんざんお仕置きされてしまって。

いつもよりもさらに丹念な愛撫に、僕は何もかも忘れて喘いでしまって。

……ダメじゃないか！　今夜こそ、我慢しようと思ってたのに……！

僕は自分を叱《しか》りつけながら起き上がる。

「……あ……」

パジャマの布地越し、毛布が身体の上を滑る感覚。

彼の愛撫の余韻《よいん》に尖《とが》ってしまっていた乳首が刺激されて、僕はヒクンと飛び上がる。

さっきまで彼を受け入れて蕩けていた蕾《つぼみ》の奥がツキンと甘く疼《うず》いて、思わず小さく喘いでしまう。

……まったくもう……。

恥ずかしさに泣きそうになりながら、呼吸を整える。

……こんなエッチな身体にしたのは、あなたなんですよ、雅樹……？

窓から差し込む月明かりで、部屋の中はうっすらと明るい。

僕は、彼の静かな寝息を聞きながら、その寝顔に見とれる。

こんなに無防備に眠っていても、雅樹は本当にハンサムだ。

……こんな美しい男の人が、僕の恋人だなんて……。

しかも、彼は世界に名だたる新進ジュエリーデザイナー、マサキ・クロカワだ。本当なら
ば、僕みたいな駆け出しデザイナーなんかでは言葉を交わすことすら難しいような、雲の上
の人で。

……その彼と、さっきまで、アンナコトや、コンナコトまで……？

今さらだけど、なんだか幸せすぎて、まだ信じられない。

雅樹は、情熱的に、僕の深いところに愛を注《そそ》ぎ込んだ。

僕は、それまでにもう何度もイかされていて。だけど、また駆け上ってしまって。

僕は最後の絶頂に何もかも忘れるほど感じて、彼の愛を震えながら受け止めて。

ベッドに倒れ込んだままグッタリした僕を抱き上げ、雅樹はバスルームまで運んでくれた。

雅樹はシャワーだけ使ってすぐに出て、息も絶え絶えだった僕はそのままお風呂の中で一
休みして。

お風呂から上がり、パジャマを着てロフトに上がると、僕がベタベタにしてしまったシー
ツは雅樹の手できちんと剥《は》がされ、糊《のり》の利いた清潔なものと取り換えられていた。

雅樹は僕を抱き上げてベッドに寝かせ、もう一度、おやすみ、と言って抱きしめてくれた。

その腕の中は、本当に気持ちがよくて。

僕はそのままうっとりと眠ってしまいそうになって。

……だけど。

雅樹とのデートに夢中で、すっかり遅れていた仕事。

……どんなに眠くても、〆切《しめきり》はしっかり近づいてきているんだよね。

僕は、暗がりのなかで雅樹の寝息を数え、彼がぐっすり眠るのを待った。

半眠りの時に起き出したら、彼はきっと心配して起き、もしかしたら付き合って自分も眠らずにいてくれてしまうかもしれないから。

そして僕は、雅樹が寝入ってしまったのを見計らって、彼の腕の中から滑り出たんだよね。

＊

……う、つらい……。

次の日の終業後。

会社のデザインデスクで残業をしながら、僕は小さくため息をつく。

みんなは〆切までまだ時間がある。デザイナー室のメンバーのほとんどがもう帰った。

雅樹とガヴァエッリ・チーフは会議室。会議が長引いてるみたいでまだ戻らない。

デザイナー室に残っているのは、必死で残業してる僕と、〆切までまだ余裕があるけど僕に付き合って残業してくれてる悠太郎《ゆうたろう》だけ。

今日一日、遅れを取り戻すべくがんばって……だけど、まだ急ぎで提出するべき清書が三十型も残っていて。

だから今日は家に帰っても仕事をして、明日もがんばらなきゃ間に合わないのに……ここのところずっと痛かった腰から背中が、今はなんだかますます痛くなってる。

同じようにセックスをした次の日でも、僕の部屋から出社するのと、雅樹の部屋から出社するのとでは、格段に雅樹の部屋からの方がつらいんだ。

……彼の部屋にはもうすっかり行き慣れたはずなのに……知らず知らずのうちに緊張とかしてるのかな？

僕は、帰り支度をしながらため息をつく。

……なんとか原因を突き止めなきゃ。だってこのままじゃ、雅樹の部屋に行けなくなっちゃう……。

思ってから、僕は一人で赤くなって、

……原因、といっても、エッチのしすぎ以外には考えられないんだけど……。

朝からだんだんつらさが増して、今はもう、座ってるのがやっとって感じ。

……このうえ、今夜もセックスになってしまったら……？

僕は雅樹が本当に好きで。目が合うだけでドキドキしちゃいそうなほど愛していて。

しかも彼は、セクシーな眼差《まなざ》しと、セクシーな声と、セクシーな指先をしていて。

思い出すだけで、僕の身体は、『ああ、雅樹に抱かれたい』って熱くなってしまう。

今夜は、雅樹が僕の部屋に遊びに来る予定になっている。

いつもの洒落《しゃれ》た居酒屋さんで少しだけ飲んで、僕の部屋に行って、新しく見つけたちょっとだけ高いけどすごく美味《おい》しいコーヒーを試してもらおうって思って楽しみにしていた。

このまま残業して、雅樹とここで合流したら、きっと楽しい夜になるだろう。

……だけど……。

もしも甘い雰囲気になってしまったら、彼とのセックスを我慢できる自信がない。

……このままじゃ、やばいよね……。

「あーきや♪」

「いたっ！」

後ろからいきなりキュッと抱きつかれて、僕は思わず声を上げてしまう。

前屈《まえかが》みになったから、腰のあたりがズキンと痛んだんだ。

「ごめん、あきや！　何？　どっか痛かった？」

悠太郎が、すごく心配そうに聞いてくる。

「どうかした？　どっかケガでもしてんのか？　それとも……あ……！」

悠太郎は、何かに思い当たったように声を上げ、

「もしかして、黒川チーフにエッチされすぎて、腰が痛い……とか？」

図星を指されて、僕は一気に赤くなる。

「エッチされすぎ……かどうかわからないけど。腰が痛いんだよね」

「なにいいっ？」

悠太郎は拳《こぶし》を握りしめ、

「黒川チーフめ〜！　オレのあきやになんてことを〜っ！」

ジャニーズ系のモテそうなルックスをしてるくせに、昔から自分のことより僕のことばっかり優先して、心配してくれていた。

悠太郎にガヴァエッリ・チーフっていう恋人ができてからは一緒にいる時間は減ったけど……悠太郎が面倒見がいいことには変わりない。

「もう、さっさと帰ろうぜ！　黒川チーフが帰ってきたら、彼の部屋に連れていかれちゃうだろ？」

「ええと……今夜は、彼が僕の部屋に泊まりに来る予定なんだけど……」

「それならオレがあきやの部屋に泊まりに行く！　そしたら黒川チーフが来たってエッチになだれこまないですむっ！」

悠太郎は、恋人であるガヴァエッリ・チーフと、吉祥寺《きちじょうじ》にある美しい白い家で同棲《どうせい》中だ。

そして、見てるこっちが赤くなりそうなほどのラヴラヴぶりで。だから……、

「外泊なんかしたら、ガヴァエッリ・チーフが寂《さび》しいんじゃない？　そんなの悪いからダメ

だよ……」

「関係ないぜっ！　それにあの人だって、スキを狙《ねら》っちゃ毎晩のように……」

悠太郎はふと自分が何を言っているのか気づいたように、カアッと赤くなって、

「……ともかく！　今夜からあきやの部屋に泊まる！　着替えを取りに家に寄っていい？」

「いいけど……僕、帰っても仕事をしなきゃならない。もしかして、よく眠れないかもしれないよ？」

「いい！　どっちにしろ、ここんとこおあずけにしてやってたから、今夜帰ったら、多分朝まで眠らせてもらえなくて……」

悠太郎は言い、さらに赤くなって言葉を切る。僕は思わず笑ってしまいながら、

「要するに、ものすごーくラヴラヴってことだよね？」

悠太郎はものすごく照れて、僕はいつもからかわれてるお返し、と笑った。

……その時の僕は、この後あんな騒ぎが起きるなんて思ってもいなかったんだ。

MASAKI 1

会議の後。

デザイナー室に戻ると、晶也の姿がなかった。今夜は会議の後で合流して、一緒に晶也の部屋で過ごすはずだったのだが……姿がないということは、予定が変わったのかもしれない。

俺は、携帯電話のメールと、部屋の留守番電話をチェックする。

用事があって出かける時も、礼儀正しい晶也は、きちんと帰る時間をメッセージに残す。おやすみコールをした時に部屋にいないと、俺が心配することを知っているからだ。

……何もない。ということは、先に帰って部屋で待っているのかな？

彼が先に帰った日。訪ねていくと、晶也はきちんとシャワーを浴び、俺のために飲み物を用意して待っている。恥ずかしがり屋でなかなか甘い言葉を言えない彼が、精いっぱい歓迎してくれているのが伝わってきて、とても嬉《うれ》しい。

俺はアントニオに冷やかされながら慌てて帰り支度をして、デザイナー室を飛び出し……。

そして、到着した晶也のアパート。彼の部屋のドアに貼られた紙に、俺は目を丸くする。

『黒川チーフ立入禁止！』

カレンダーの裏に、筆ペンで大書されたクセのある字。

晶也の丁寧な字とは違う。これは、仕事中に、書類やデザイン画のサインで見慣れた……、

……悠太郎……？

……どうして、ここに、悠太郎がいるんだ……？

会議の間中、アントニオはうきうきと浮かれていた。

帰り際にも、『さっさと帰って、ユウタロにおあずけをしたお仕置きをするんだ』と楽しそうに言っていたのだが……？

俺は、まるで魔除《まよ》けのお札のごとくドアに貼られているその紙を剝がす。

「晶也？　なんなんだ、これは？」

ドアをノックしながら言うと、中から、バタバタと廊下《ろうか》を走ってくる足音がして、

「黒川チーフは立入禁止だっ！　帰れ、帰れっ！」

悠太郎が叫んでいる声がする。晶也の声が、

「う……やっぱり可哀想《かわいそう》だよ」

「あっ、開けちゃダメだ、あきや！」

鍵《かぎ》を開ける音がして、ドアが開く。

そこに立っていたのは、すまなそうな顔をした晶也と、怒った顔の悠太郎。

「いったいどうして俺の入室を拒否しているのかな？　俺が何かした？」

「とぼけるなっ！　あなたのせいで、晶也は腰が痛いんだぞ！」

悠太郎の言葉に、俺は目を見開く。

……晶也はそんなことは一言も言っていなかった。

……昨夜は俺を受け入れ、あんなに激しく感じていたし。……だが……？

「本当か、晶也？　腰が痛いのはいつから？　昨夜？」

晶也は恥《は》ずかしそうに赤くなって、

「いえ、ここのところずっと……なんですけど」

「俺と……した次の日だけ？」

「ええと……あなたの部屋に泊まった次の日が、特に……」

俺は、前から気になっていた、あることを思い出す。それから、

「わかった。今夜は手を触れない。……悠太郎、帰らないとアントニオに怒られるぞ」

悠太郎は、その言葉にカアッと赤くなる。

俺は、前からアントニオに相談しようと思っていたことを実行しようと決意する。

AKIYA 2

僕は、表参道《おもてさんどう》を青山《あおやま》方面に向かって歩いていた。

僕は、あの夜から雅樹とセックスをしていない。

だけど、やっぱり雅樹には会いたくて、人がいる場所なら会ってもいいよね、と思って、土曜日の昼のデートを提案した。

雅樹が待ち合わせ場所として指定してきたのは、青山にあるカフェだった。

なかなか行かないような裏通りにあるから解りにくかったけど……雅樹が持たせてくれた地図のおかげで、なんとか迷わなくてホッとする。

……なんだか、雅樹にエスコートしてもらうのに慣れちゃったみたいだ、僕。

そこは、美しい前庭を持つ、一軒家のカフェだった。

道路に面したところには、『La《ラ》 Maison《メゾン》 Branc《ブラン》』って書かれた白い看板、そして広げられたメニュー。

ブレックファーストのセットや、ワッフル、サラダ、コーヒーとかのソフトドリンクのほかにも、シャンパンとかのアルコールも朝から出してるみたい。

開かれた門の上にはアーチ状にバラの樹が伸びていて、重そうな豊かな花びらをつけた白いバラが、甘い香りを漂わせている。

白い小石を敷きつめた小道の脇《わき》には、大きな月桂樹《げっけいじゅ》の樹が並んでいる。

その向こうには、名前の『La Maison Blanc』。白い家という店の名前に相応《ふさわ》しい、エーゲ海の島にある建物を思い出すような、真っ白な建物。

……すごく素敵な店だなあ……。

僕は、月桂樹の木陰を歩きながら思う。

……なんとなく、悠太郎とガヴァエッツリ・チーフの住んでる家に似てるかも……。

店内に踏み込むと、天井に大きく取られた天窓。

壁が真っ白で、床にも明るいベージュの石タイルが張られてるせいか、ますます明るい感じだ。

そして置いてあるイスやテーブルが……なんだかすごく格好いい。

シンプルだけど計算し尽くされたフォルム。イスのクッション部分にはエーゲ海の海を思わせるような冴《さ》えた青のベルベットのクッションがセットされている。

……格好いい。きっと有名なデザイナーがデザインしたシリーズなんだろうな……。

僕はガヴァエッツリ・チーフと悠太郎が住んでいる家のベッドルームにある、大きなウォーターベッドを思い出していた。

……全体のラインの使い方が、あのベッドとなんとなく似てる……？

……あれも、シンプルですごく格好いいんだよなあ。

思いながら店内を見まわした僕のところに、

「いらっしゃいませ！」

フレンドリーな感じのウエイターさんが近づいてきて、笑いかけてくれる。

「あの。待ち合わせで……」

「あ、篠原様ですね？　こちらです！」

ウエイターさんは言って、テーブルの間を歩き抜ける。

いったん外に出て、そこから中庭を通り抜けたところは、温室みたいな擦りガラス張りの個室になっていた。ウエイターさんがドアを開けてくれて、僕は中に入り……、

「……あ……」

円形をした広い部屋の真ん中に、凝ったデザインのテーブルセットがある。

そこには雅樹が座っていて、目が合うと優しい顔で笑ってくれる。

雅樹は、休日にふさわしい、Vネックの生成《きなり》のサマーセーターに、アルマーニのジーンズ。

長い脚を組んで、エスプレッソのカップを構えたところは、本当に見とれるほど格好いい。

だけど、雅樹は一人じゃなくて……。

「悠太郎！　ガヴァエッリ・チーフ！」

「やっほー！　あきやー！」

こっちに向かって手を振っているのは、悠太郎。そしてその隣に座っているのは、ガヴァエッリ・チーフだった。

悠太郎はゴルチェの黒いTシャツに、膝《ひざ》の切れたスリムのジーンズ。

ガヴァエッリ・チーフは、たぶんオーダーメイドだろう、仕立てのいいシンプルな白い綿シャツに、レザーのパンツ。

ガヴァエッリ・チーフはもちろんだけど、悠太郎もけっこう脚が長くてスタイルがいい。しかもガヴァエッリ・チーフの恋人になってから、みるみるセクシーになっちゃって。

「あきやー。オレに見とれてるなー？　やっぱりオレを選べばよかったって思ってる？」

「……そうじゃないんだけど」

僕は、雅樹が引いてくれたイスに座りながら、つい笑ってしまう。

「見とれてたのは本当。悠太郎、なんだか最近色っぽいよね」

悠太郎はちょっと驚いたみたいに目を見開く。ガヴァエッリ・チーフが笑って、

「そうだろう？　それは私のおかげだよ、ユウタロ」

「何があなたのおかげだっ！」

「君にアンナコトやコンナコトを教えたのは、私だからね」

悠太郎はカアッと赤くなって、

「うるさい、うるさーいっ！　そんなことばっかり言ってると、あきやの部屋に家出するぞっ！」

「それは困る。イジメすぎたかな？　怒らないでくれ、ユウタロ」

悠太郎に向かって片目をつぶってみせて、

「私たちが喧嘩《けんか》をしたら、あのベッドをデザインしたデザイナーと、あのベッドを売ってくれた店のオーナーに申し訳ない」

それから、ガヴァエッリ・チーフは僕を見て、

「私たちのベッドは、この店にあるインテリアと同じデザイナーがデザインしたものなんだよ」

……あ、やっぱり……。

「今から彼の作品が置いてある店に行く。君と雅樹も連れていってあげようと思ってね」

MASAKI 2

「……うわ。格好いい……！」

晶也が、店内を見まわしながら呟《つぶや》く。

ここは、青山にあるインテリアショップ、『Polte《ポルト》 Cervo《チェルヴォ》』。アントニオと悠太郎が偶然に見つけ、新居のベッドを購入したという店だ。審美眼《しんびがん》の鋭い二人が認めただけあって、並んでいる家具はどれも美しい。

「これ、すごく素敵なデスクですね」

晶也の視線は、一台のデザインデスク、そしてチェアに釘《くぎ》付けになっている。

「デスクって事務的なものか、じゃなかったらすごく重厚なものかに分かれてしまって、なかなかお洒落なものってないですよね」

まるで琥珀《こはく》のように深い艶《つや》のあるウォルナットでできた、シンプルなデスクとチェア。深い黒の張り地は光沢の少ないベルベットで、洒落たイメージだ。

「……格好いい。こんなデスクで仕事ができたら素敵だろうな……」

デスクの滑らかな表面を指で辿《たど》りながら、うっとりと晶也が呟《つぶや》く。それから、デスクの上に置いてあった価格表を見て、

「……う……デスクが四十五万円、イスが十八万円……！」

とてもがっかりした顔になってため息をつき、

「……素材もすごくいいし、デザイナー物だろうし……こんなに素敵だったら、そのくらいの値段がついてて当然ですよね……」

「……デスクとイスの高さは、微調整することが可能です」

後ろから、消え入りそうに小さな声がして、俺たちはいっせいに振り向く。

そこにいた人物はたじろいだように一歩後ずさり、その頰《ほお》をふわりと赤くして、

「す、すみません。急に声をかけたりして……」

アントニオが、前に、『あのインテリアショップのオーナーのミスター・タカシナは、晶也にどこか似ている。間違えて襲いかかるなよ』と笑っていたのもうなずける。

華奢《きゃしゃ》でしなやかな体型。完璧《かんぺき》なバランスで整った小作りの顔。

物静かで、しかしその奥に情熱を秘めたような瞳が、晶也に似ているかもしれない。

彼は、その気《け》のある男が残らず振り向きそうな、大変な美青年だった。

……まあ、俺にとって、晶也以外の人間が恋愛対象になることは考えられない。

……だから、相手がどんなに美青年でも、まったく関係はないが。

「高階《たかしな》さん、久しぶり！」

悠太郎が嬉しそうに、

「これがあきや。あと、こっちが黒川チーフ！」

高階と呼ばれた彼は、シンプルな綿シャツのポケットから名刺入れを出す。

「初めまして。店主の高階潤一《じゅんいち》と申します」

とても丁寧な口調で言って、まずは近くにいた俺に名刺を差し出す。

上質そうな紙で作られたその名刺には、洒落たフォントで、『インテリアショップ　Polte Cervo　オーナー　高階潤一』と印刷してあった。

「黒川です、よろしくお願いします」

俺が言って名刺を渡すと、彼は恥ずかしげな笑みを浮かべてそれを受け取り、それから晶也に向き直る。

「店主の高階です。よろしくお願いいたします」

自分の名刺を晶也にも渡し、それから、

「あなたが篠原さんですか……」

小さく呟き、まるで眩《まばゆ》いものでも見るような顔で、晶也を見つめる。晶也は照れたように瞬きを速くして、

「え、ええと……？」

「お噂《うわさ》はうかがっています。優秀なデザイナーで、天使のようにお綺麗《きれい》な方だって」

高階くんは恥ずかしそうに頬を染めながらも、その顔に嬉しそうな笑みを浮かべて、

「あの。篠原さんは、とても仕事を愛していらっしゃるとか」

高階くんの言葉に、晶也は強くうなずいて、

「ええ。僕はデザイナーの仕事をとても愛しています。でも、才能がないからなかなかうまくいきません」

少し寂しそうな顔になる。高階くんは励《はげ》ますような声で、

「とても実力のある方だとうかがっていますよ。このデスクを作ったデザイナー兼職人は、仕事を愛している方に使ってもらいたいと言って、これを作りました」

「……え？」

「あなたのような方に使っていただけたら、きっとこのデスクは幸せでしょう。仕事を愛していない方に買われてしまわないようにこの値段が付いているんです。僕が、『この方にならお売りしてもいい』と感じた方には、安い価格でお売りしていいとデザイナーから言われています」

高階くんは、ふととても強い目になって晶也を見つめ、

「あなたになら、このデスクをお売りしても構《かま》いません」

その誇《ほこ》りに満ちた態度に、俺は、彼は自分の店の商品をとても愛しているんだな、と思う。

「オレたちのベッドも、あなた方にならって、ってすごく安く売ってもらったんだぜ！」

悠太郎が嬉しそうに叫ぶ。アントニオが、

「まあ、あの美しくセクシーなベッドに寝るのに相応しいのは、この私と、私が選んだユウタロくらいなものだろうからね」

言って、悠太郎を赤面させている。

高階くんはポケットから計算機を取り出し、真面目《まじめ》な顔でそれを叩いて、

「ええと……原価は割りますが、それでもいいと言われていますので……」

計算機を晶也にそっと渡す。晶也は、ついている値段の十分の一に近いその価格を見て目を輝かせる。

「これなら、僕にも買えます！　嘘《うそ》みたい！　こんなに素敵なデスクが……」

ふと言葉を切り、どこか寂しそうな顔になる。デスクを見つめたまま、

「……でも、僕の狭い部屋にはもったいないです。それに、僕にはこのデスクに見合うだけの才能と実力がない気がします……」

「もう少し仕事をしてから寝ます。先にお休みになってください」

言うと、雅樹はなんだかすごく心配そうな顔になって、

「〆切まで時間がないのはわかるが……毎晩のように自宅残業じゃないか」

「う……すみません」

たとえエッチはできなくてもやっぱり雅樹のそばにいたい。

僕はこのところ、毎晩のように雅樹の部屋に来ていた。

だけど、甘い時間を過ごすどころか、彼が寝た後にも、リビングで一人で残業をしている状態で。

「やっぱり……ご迷惑ですよね。おあずけを食らわされたあげく、遅くまでゴソゴソ仕事をされてたら、よく眠れないだろうし。やっぱり僕、来ない方が……」

雅樹はふいに手を伸ばし、その美しく長い指で僕の唇に触れる。

「……その先は言わせない」

彼は、その黒曜石のような瞳で僕の顔を真っ直ぐに覗き込んで、

「おあずけを食らわされても、部屋で残業をしていても、まったく構わない。俺が一番つらいのは、君に会えないことだ、晶也」

彼の手が僕の頬を包み込み、親指が僕の唇をそっと辿る。

「……ん……っ」

背中を走ったのは、くすぐったさに混ざる甘い電流。

僕の身体が、ピクリと震えてしまう。

雅樹は、なんだか苦しげなほどセクシーな顔をして僕を見つめている。

……ああ……。

僕は、彼のハンサムな顔をうっとりと見つめ返しながら思う。

……抱かれたい……。

「いけない。このままでは無理やり押し倒してしまいそうだ」

苦笑しながら言って、僕の顔から手を離す。

「……あ……」

「そんな色っぽい目をしないでくれ。さすがの俺も、我慢の限界まであとほんの少しなんだから」

その言葉に、僕は一人で赤くなってしまう。

……僕が、『抱かれたい』って思ったの、バレバレかな……？

「わかりました。キスも、少しの間やめましょう。……僕も、我慢できなくなりそうなんです」

雅樹は一瞬つらそうな顔になり、それからうなずいて、

「真剣に仕事に取り組む姿勢は評価するが、あまり根《こん》を詰めないように。腰の具合も心配だし、もしどうしても無理だったら、田端《たばた》チーフと商品部の方に、俺から頼んであげるよ」

彼の優しい言葉に、なんだか泣いてしまいそうになる。

でも、甘えちゃダメだ、と自分を叱りつけ、

「大丈夫です。腰の方も前よりもだいぶよくなりましたし」

……本当は、おあずけにしているにもかかわらず、日に日につらくなるんだけど……。

僕は、彼に心配をかけないように笑みを顔に押し上げて、

「本当につらかったら言いますね。まだ全然大丈夫です」

雅樹は、何かを考え込むような顔で、

「ソファのローテーブルで描くと、姿勢が悪くなって身体に負担がかかる。アトリエにある俺のデスクを使うんだよ」

「あ……ありがとうございます」

……本当は、恐れ多くて、『世界のマサキ・クロカワ』のデザインデスクなんか、僕にはとても使えないんだけどね。

MASAKI 3

……彼の姿を間近で見ながら、しかしおあずけだなんて。

デザイナー室の自分のデスクに座りながら、俺は内心ため息をつく。

……これは……想像以上につらいな。

昨夜は、晶也が下のリビングで仕事をしている間、ずっとベッドで待っていた。

だが、晶也はなかなかロフトには来ず。

夜半に俺が起き出し、『アトリエのデスクで仕事をしなさい』と言っても生返事のまま仕事をローテーブルでし続け。

俺は眠さに耐えきれずにそのまま眠りに落ちてしまったので、晶也が何時まで仕事をしていたのか解らない。

だが、次の朝の眠そうな顔を見れば、彼が夜明け近くまで起きていたことは明白だった。

朝の挨拶《あいさつ》をした晶也は、少し疲れたような顔で微笑《ほほえ》み、それからふわりと頰を染めた。

……俺の晶也は、本当に色っぽい。

……これは、用心していないと、二人きりになった途端に襲いかかりそうだ……。

しかし。

晶也はまだ身体の具合が万全ではないようだ。俺の前では元気そうに振る舞っているが、仕事中に目を上げると、何度も青ざめた顔でため息をついていた。

……これ以上、彼の身体に負担をかけるようなことは避けなければ。

……だが、仕事熱心な晶也に、〆切を破れと言ってもムリだろうし……。

俺は、深い深いため息をつきながら、

……早くなんとかしなくては。

……さしあたっては、俺の理性が吹き飛ばないように、必要以上に晶也に近づかないようにしなくてはいけないな。

AKIYA　4

……なんだか、雅樹に避けられてるような気がする……。

二人きりになれない分、会社ではできるだけ一緒にいたかったんだけど……ランチの時も雅樹はガヴァエッリ・チーフと二人で食事に行っちゃうし。

休憩時間だって、いつもならデザイナー室にいてみんなでお茶にするのに、なぜか雅樹は会議もないのにどこかに姿を消していて。

せめて、と目を合わせようとしても、さりげなく目をそらすし。

……きっと、本当は怒ってるんだろうな。

付き合いだしてから、僕らは数え切れないほど、身体を重ねてきた。

ちょっとやりすぎ？　って思うこともあるけど、なんだか二人とも止まらなくて。

はじめは、最初だから二人とも暴走してるだけかなって思ってたけど……なんだか慣れてきたら（慣らされちゃったら？）それが標準みたいになってきちゃって。

まさか毎晩のように最後まではしないけど（二人とも次の日は会社があるしね）、セクシーなキスとかは、寝る前の挨拶みたいになってて。

だから、キスまで拒むのって……なんだかすごい罪悪感で。

だけど、キスされたら、拒む自信がなくて。

『キスもやめましょう』って言った時の、雅樹のちょっとつらそうな顔を思い出して……僕はまたため息をつく。

最近、落ち込んだ時に僕の脳裏をよぎるのは、あの高階さんの綺麗な顔だ。

……あの人だったら、きっと僕みたいに取り乱したり、嫉妬《しっと》したりはしないんだろうな。

「あの店のオーナーの高階さん、本当に綺麗な人だったたね」

僕は悠太郎に言う。悠太郎が笑いながら、

「うん。なんかあきやに似てるだろ？」

「どこも似てないよ。潤一さん、綺麗だったじゃない」

「あのねえ」

悠太郎が、あきれたように、

「本当に自覚がないんだなあ。あきやだって、めちゃくちゃ綺麗なんだぜ？」

「……悠太郎は優《やさ》しいからそう言ってくれるけど……」

僕は、ため息をついて、

「……僕なんか、少しも綺麗じゃない」

「ま、あきやに言ってもムリか。どっちにしろ、どんな美人を目の前にしても、黒川チーフの目には、おまえしか映ってないのは確かだよな」

「……本当かな？」

「あったりまえだろ？」

悠太郎は笑いながら言ってくれる。

「どうしてそんなに自信なさそうな顔をするのかなあ？　……あきや！」

悠太郎は僕を引き寄せ、キュッと抱きしめてくれて、

「おまえは、すんごく綺麗で、すんごくいい子なんだよ？　自信持って！」

「……ありがとう、悠太郎……」

言うけど……やっぱり僕にはなんだか自信が持てなくて。

高階さんの、白い肌、綺麗な鳶色《とびいろ》の瞳、フワリと柔らかそうな髪を思い出す。

そして、優しい言葉だけを選んでゆっくりと話す、慈悲《じひ》深い天使みたいに美しい声。

控えめに立ちつくす彼の風情は、すごく儚《はかな》げで。

まるで不用意に触れてはいけない、繊細《せんさい》で美しいガラス細工みたいで。

だけど、あの歳《とし》でインテリアショップを経営してるなんて……すごく立派だ。

彼はインテリアのことや素材のことにすごく詳しかった。

最初は、シャイな感じで口数の少ない人かな、と思ったんだけど、家具のことを説明しだ

すと、急に凜《りん》とした印象に変わった。

自分のお店にある家具たちを見る時、まるで愛しい人に対するような目をした。

そして、誇りを持って家具を扱っていることが解る、豊富な知識を披露《ひろう》してくれた。

しかも、高階さんは、イタリア語がぺらぺらだった。僕が最初に見とれていた素敵なデスクとチェア。それを前にした雅樹と高階さんは、なぜか声をひそめ、しかもなぜかずっとイタリア語のままで話し込んでいた。

ひそめたイタリア語のまま話し続ける二人は、まるで恋人同士のように親密そうに見えた。しかも雅樹と話している高階さんは、なんだかすごく色っぽい顔で頬を染めていて。

僕はなんだかいたたまれなくなってしまい……さりげなくほかの家具を見るフリで、その場を離れた。

雅樹と彼が話しているところは、まるで一幅《いっぷく》の絵みたいに、美しくて。

美しい二人は、思わず見とれてしまうほど、お似合いで。

僕の心が、ズキリと鋭く痛む。

……雅樹みたいなハンサムには、潤一さんみたいなすごい美人が似合うんだろうな。

MASAKI　4

「コーヒーが入りました」

俺は、アトリエのドアを開けながら言う。

「一段落したら、リビングで一休みしませんか？」

デスクの前で顔を寄せ合うようにしていた二人は、少し慌てたように離れる。

二人の頬がカアッと染まったところを見ると……ちょうど、邪魔なタイミングで来てしまったようだ。

そこにいたのは、インテリアショップ『Polte Cervo』オーナー、高階潤一くん。

そしてもう一人は、彼の恋人のジャンフランコ・ロセッティ氏。インテリアデザイナー兼家具作りの職人、イタリア人だ。

『Polte Cervo』にある商品は、すべて彼が作った作品のようだ。

実は、俺は、ジャンフランコ・ロセッティ氏の名前を前から知っていた。

建築家であり、インテリアのデザインも手がける俺の父親、黒川圭吾《けいご》の口から、無名だが才能のある若手デザイナーとして、彼の名前が挙がったことがあるからだ。

父親は、自分の建てたホテルのインテリアをすべて彼に任せようとして交渉し……大量生産はしないと断られたことがあるらしい。

あの父親をして、『末恐ろしいほどの才能』と言わせた、ジャンフランコ・ロセッティという男に、いつかは一度会ってみたいと思っていた。

建築家としては世界でも最高ランク（性格は最低だが）の黒川圭吾からの仕事の誘いを断るとは……きっとよほどの世間知らずか、傲慢《ごうまん》で偏屈《へんくつ》な男だろうと想像していたのだが……。

「……ありがとうございます。ちょうど一段落ついたところです」

彼は、物静かな低い声で美しいイタリア語を話す、とても感じのいい男だった。

歳はまだ三十五歳だそうだが、何かを悟ったような、落ち着いた物腰をしている。

背が高くてモデルのようなハンサムな彼と、華奢でたおやかな高階くんが並んだところは、とてもお似合いで、絵になる光景だ。

ロセッティ氏は、東京芸大の建築学科に留学にきていて（偶然だが、俺の先輩にあたる）、その頃に高階くんの父親に何くれとなく世話を焼いてもらっていたらしい。そしてあの店を高階くんが引き継いでからは、あの店の商品はロセッティ氏の作品で占められることになったようだ。

高階くんとロセッティ氏は、気がつくとさりげなくお互いを見つめ合うようにしている。

アントニオと悠太郎は何も言わなかったが……この二人がカップルで、そして大切に愛をはぐくんでいるのは、俺たちのような同じ嗜好《しこう》の人間から見ればすぐに解る。

「もしかしたら、キスの邪魔をしてしまいましたか？」

俺が言うと、愛すべきこの二人は頬を染める。高階くんが、

「……ち、違います」

慌てたように言うが、その恥ずかしそうに潤んだ目が、本当はそうなりそうだったんです、と物語っている。

「……ここまで運んでくる間に、傷がついていないかなって」

ロセッティ氏のデザインするのは木材を使ったシンプルな作品が多いが、どれもとても高級な素材を使っているらしく、持ち上げようとしてみると予想以上に重い。

俺があのショップで購入した家具も例外でなく、見かけの軽やかさの割にとても重かった。アントニオにでも手伝わせればなんとか運べるかな、と思っていた俺だが、ギブアップして、店の使っている運送会社の助けを借りることになった。

運送会社の人間が適当に宅配してくれるのだと思っていたのだが、きちんとオーナーの高階くんとロセッティ氏も同行してきて、家具が手荒に扱われないように気をつけていた。

……本当に、自分の作品を、そして自分の店の商品を、大切にしているんだな……。

二人のこだわりが感じられて、物を作る職業の人間としては、とても好感が持てる。

＊

「……このお部屋は、本当にお洒落で、そして本当に綺麗な夜景が見えるんですね」

遠慮《えんりょ》がちにソファの隅《すみ》に座った高階くんが、窓からの東京湾の夜景に見とれながら言う。

「……こんな素敵な場所に置かれて、あのデスクとチェアは幸せです。しかも……」

彼は、嬉しそうに頬を染めて俺に笑いかけ、

「……これを部屋に置いてくださるのは、あの世界的なジュエリーデザイナーのマサキ・クロカワさん、そして使ってくださるのは、その恋人である、あんなに素敵な晶也さんなんですから」

俺は、その言葉に、デスクを見てうっとりしていた晶也の顔を思い出す。

……晶也が、プレゼントを気に入ってくれるといいのだが。

俺は、ローテーブルにカップとミルクピッチャーとシュガーポットを並べて、

「どうぞ、冷めないうちに」

高階くんとロセッティ氏はうなずいて、同時にシュガーポットに手を伸ばす。二人の指先が触れ、二人は赤面して慌てて手を引く。俺は思わず笑ってしまいながら、

「お二人は、付き合いだしてからどのくらいなのですか？」

二人はとても驚いたように顔を上げる。高階くんがすっと青ざめて、

「……僕、何か、そのようなことを言ってしまったでしょうか？」

「そうではありません。……見ればわかりますよ、お二人がとても仲がいいことは、ね」

ロセッティ氏は、何か警戒するような顔をして、

「ジュンイチの恋人が男の私だと知れたら、彼が肩身の狭い思いをすることになります」

高階くんはかぶりを振って、

「僕はどうでもいいんです！　ロセッティさんは、僕の店に作品を置かせてもらえるのもおこがましいような、素晴らしい才能を持った人なんです！　僕のせいで彼の名前に傷が付くようなことがあったら……！」

「俺と晶也の関係はお二人にカミングアウトしたのです。そしてお二人は誰にも口外しないと約束してくださった。俺も、お二人の関係を口外しないとお約束します」

言うと、二人は安心したような深いため息をつく。ロセッティ氏は、少し照れたように、

「私とジュンイチの気持ちが通じ合ってから、まだ三ヵ月です。……甘い蜜月《みつげつ》の真っ最中ですよ」

「……ロセッティさんったら……そんなことまで……！」

高階くんが赤くなり、ロセッティ氏は愛《いと》おしげな目で彼を見つめて笑う。

……この二人が扱っている家具を買うことができて、幸せだったかもしれない。

……これで、晶也の腰の具合が治ってくれれば……言うことはないのだが……。

AKIYA 5

……急に行ったら、迷惑かな……？

思いながら、僕はエレベーターの階数ボタンを押す。

雅樹は帰り際、今夜は用事があるからまた明日、と言っていた。

だから、僕は、じゃあ今夜は遠慮しますって答えた。

……でも、なんだかすごく会いたい……。

雅樹は本当に素敵な人で、僕は彼を本当に愛しているから……なんだかその分不安になる。

せっかく週末のダブルデートに誘ってもらったのに、僕はなんだか雅樹と高階さんの並んだ姿が目に焼き付いてしまって……楽しそうな顔もできなくて。

自分は、彼に相応しいんだろうか？　そう思いだしたら、止まらなくなって。

今は治まってるけど、いつ痛くなるか解らない腰が僕の不安な気持ちに拍車をかけていて。

……会えば、きっと不安なんかなくなるんだ。

エレベーターの扉が開く。僕が廊下に踏み出した時、雅樹の部屋のドアがふと開いた。

雅樹が出てくる？　と思ってちょっと胸をときめかせた僕は、まったく違う人物が出てきたのを見て、そのまま固まってしまった。

サラサラとした、艶のある茶色の髪。

シンプルなシャツと、スリムのジーパンに包まれたほっそりした身体。

透き通るような肌、まるでガラス細工みたいに美しい、その横顔は……、

「……高階さん……」

続いて出てきたのは、会社にいた時と同じ、スーツ姿の雅樹だった。

二人は楽しそうに笑い合いながら、イタリア語で何かを話している。

心臓に、何かが突《つ》き刺《さ》さったような気がする。

……悠太郎やガヴァエッリ・チーフを呼ぶのすら渋る雅樹が……？

合い鍵を持っていて一人でもこの部屋に来られる僕は、特別扱いされてるみたいで、いつでも嬉しさで胸が熱くなる。

……だけど……。

僕は呆然《ぼうぜん》と立ちすくみながら、思う。

……高階さんを……部屋に……？

心臓が、壊れてしまいそうなほど痛む。

……どうして……？

この間も、とても楽しそうにイタリア語で話していた二人の姿を思い出す。嬉しそうに頬を染めていた高階さんの綺麗な顔も。

あまりのことに脱力した僕の手から、鞄《かばん》が滑り落ちた。

それは大理石の床に落ち、ドサッ！　と大きな音を立てる。

話していた二人が、こっちに顔を向ける。

「……晶也」

驚いたような雅樹の顔を見たら、なんだか泣きそうになる。

「ごめんなさい、僕……」

僕は慌てて荷物を拾い、後ずさりながら、

「急に来たりして、お邪魔でしたよね。失礼します！」

「晶也？」

雅樹の声を背中に聞きながら、僕は踵《きびす》を返す。

振り向かないまま、エレベーターの下り方向のボタンを押す。

「晶也！」

彼の声が後ろから聞こえる。そして、石の廊下を走ってくる足音。

……エレベーター、早く来て……！

僕は、扉の上の階数表示を見上げながら思う。

下りかけていたエレベーターは十階で止まり、ゆっくりとここまで上がってくるところだ。

エレベーターのボタンを、僕は叩くようにして何度も何度も押す。

……もし、言い訳をされたら、僕は彼を許してしまう……！

……きっと、『二番目でもいいから捨てないで』とすがってしまう……！

見上げている階数表示が、ジワリと涙に潤む。

……ああ、どうしてこんなに愛しちゃったんだろう……？

……彼と、セックスすることもできないのに……！

チン！

音がして、エレベーターの扉が開く。僕は逃げるようにしてそこに駆け込もうとし……、

「あっ！」

僕の肘《ひじ》が、後ろからしっかりと摑《つか》まれた。雅樹の声が、間近で、

「どうして逃げるんだ、晶也？」

「は、離してください！」

「離さない」

「いやだ、はなし……！」

「ダメだ」

肘を引かれて、エレベーターから身体が離れる。目の前で、エレベーターの扉が閉まる。

雅樹の手が僕の腰にまわり、身体がくるりと反転させられる。

「どうして逃げる？　もしかして、高階くんが俺の部屋から出てきたから？」

真っ直ぐに見つめられて、胸がギュッと痛む。

……ああ、本当は、彼を殴《なぐ》って、どうして浮気なんかするんだ、って怒鳴《どな》りたい。

……でも……。

「僕には、何も言う権利がありません。たとえあなたが浮気をしてしまっても……」

こらえていた涙がいきなり溢《あふ》れ、僕の頬を伝う。

「僕は、あなたとセックスすることができないんだから……でも……」

涙でグショグショの顔を見せるのがつらくて、僕は両手で顔を覆《おお》う。

「捨てないでください。あなたのものでいられるなら、何番目でもいいんです……」

……ああ、僕は、こんなに彼のことを……。

「晶也」

雅樹の厳しい声に、僕はびくんと震えてしまう。

「俺が、そんなことをする男だと思っている？」

彼の強い光を浮べた瞳。彼が本気で怒っているのが解る。

「……あ……」

雅樹の腕が、僕を引き寄せ、そのまま抱きしめる。

「俺には生涯《しょうがい》君だけだ、と何度も何度も言っただろう？」

彼の逞《たくま》しい胸、かぎ慣れた芳しい彼の香りに胸が痛む。

「はい。でも僕は……」

僕の目から涙が溢れ、彼のシャツに染み込んでいく。

「まだセックスできません。だからたとえ誰かと浮気をされてしまっても、僕には何も言う権利がありません……」

「はあっ？」

雅樹はとても驚いたような声で言い、僕の顔を上げさせて、

「それは、ええと……君に拒否された僕が、性欲を抑えきれずに浮気をするだろうと？」

「というか……高階さんはとても素敵で、僕でさえドキドキするような美青年です。あなたが本気になっても……」

雅樹は呆然とした顔で僕を見つめ、

「君は、俺をなんだと思っているんだ？　サカリのついたケダモノ？」

「そ、そうじゃないですけど……だって、今までは、少なくとも週に四日はセックスをしていたし……」

雅樹は手で顔を覆って深い深いため息をつき、

「俺はたしかに頻繁《ひんぱん》に君を抱いているかもしれない。しかし、それは相手が君だからだ。君

の色っぽさに負けて、ついつい欲情してしまうからなんだよ？」

「え？」

雅樹は僕の肩を抱いて、ぽかんと口を開けてしまっている高階さんの方を向かせ、

「俺の部屋に来ていたのは高階くんだけではない。高階くんと、そして彼の恋人の……」

言った時、雅樹の部屋のドアが内側から開いた。中から、大きな道具箱を抱えた背の高い男の人が出てくる。

彼は、イタリア語で高階さんに何かを話しかけ、気配を感じたようにふと目を上げる。

歳は三十歳をちょっと超えたくらいかな？　モデルさんみたいにハンサムな人だ。

「高階くんの恋人の、ジャンフランコ・ロセッティ氏。『Polte Cervo』にある家具をデザイン、制作しているのは、彼なんだよ」

「……あ……」

ロセッティ氏は、その顔に優しい笑みを浮かべ、イタリア語で何かを言う。高階さんが、

「ええと……黒川氏の恋人は噂に違《たが》わぬ美人だ、と言っています」

通訳してくれてから、ちょっとだけ拗《す》ねたような可愛《かわい》い顔でロセッティ氏をチラリと睨《にら》む。

ロセッティ氏が、拗ねないで、とでも言うように、愛おしげに彼の髪を撫でる。

……うわ。見るからにラヴラヴ……！

「俺はあの店に、家具を注文していた。二人は、それを運んできてくれたんだよ」

「そ……そうなんですか？」

高階さんがにっこり笑ってうなずいてくれたのを見て、僕は急に慌ててしまいながら、

「す、すみません！　取り乱して、高階さんにも失礼なことを！　雅樹と浮気をしてるんじゃないかなんて！　あなたがそういう人だろうって思ったワケじゃなくて……！」

高階さんは小さく吹き出して、

「わかります。僕も、ロセッティさんが誰かと親しげに話していたら、それだけでちょっと嫉妬しちゃうかも……だって……」

その白い頬をふわりと染めて、

「……それくらい、彼のこと愛してるから……」

日本語が解らないロセッティ氏は、赤くなってしまった高階さんを見て笑い、何を言ったのか教えなさい、って感じで彼の頬をつついている。

ダメ、っていうふうに可愛くかぶりを振る高階さんを見つめて、ロセッティ氏は、今すぐにキスしたいって感じの顔をしている。

……うわあ、本当にラヴラヴ……！

こっちまで赤くなってしまいながら雅樹を見上げると、彼は僕の耳に口を近づけて、

「……家具を運んでもらった後、ロセッティ氏にイスの高さを調整してもらっていたんだが……ずっとイチャつかれて参ったよ」

その言葉に、僕は思わず吹き出してしまう。

二人は、それが聞こえたみたいに顔を上げる。高階さんが、

「え、ええと。サプライズ・プレゼントということで、今日はだいたいの高さのままにしてあります。……いつでも微調整できますので、ご遠慮なく」

「ええ。どうもありがとう。三人で外で夕食でも、と思いましたが、やはり今夜はこれで」

言って、僕の顔をちょっとイジワルな顔で見下ろし、

「これから、悪い恋人に、たっぷりお仕置きをしなくてはならないので、ね」

赤くなった高階さんが、ロセッティ氏に律儀《りちぎ》にそれを通訳している。

ロセッティ氏が、お茶目な感じで片目を閉じ、雅樹に向かってイタリア語で何かを言う。

雅樹は楽しそうに笑い、ロセッティ氏にイタリア語で何かを言い返した。

＊

二人が乗ったエレベーターを見送って、僕らは部屋に入った。

「ロセッティさんは、最後になんておっしゃったんですか？」

「ああ……『セックスのしすぎまでは面倒見きれませんよ？』と」

「ええっ？　そ、それであなたはなんて？」

真っ赤になった僕に、雅樹は楽しそうに、

「『そちらこそ、セックスのしすぎに気をつけて』と」

「……もう！　二人とも、なんてことを……！」

「だから、高階さんがあんなに真っ赤になってたんですね？」

あきれながら言うと、雅樹は楽しそうに笑う。それからふと真面目な顔になって、

「そういえば、仕事のスケジュール状況を調べてみた。企画室は、君ばかり集中して依頼を入れすぎているようだ。田端チーフは調整をせずに、依頼をそのまま君に任せてしまっているし」

雅樹はため息をついて、

「いくら君のデザインが素晴しいとはいえ、これでは仕事がつまりすぎだよ。〆切がきつくなっても仕方がない」

「それはそうなんですけど……企画室から名指《なざ》しの依頼をもらえると、嬉しくて、つい受けてしまって……」

「気持ちはわかるが、人間には限界がある。君に、手を抜くようなことができるわけがないし。ムリをして身体を壊したら、その後の仕事にも影響が出るんだ。プロならそこまで考えること」

……たしかにそうかも……。

「……す、すみませんでした……」

「君が今抱えている仕事の〆切を、一週間延《の》ばした。デザイナー室全体のペースからいって

も、これは適正なスケジュールだ」

雅樹は、僕の顔を真剣な顔で覗き込んで、

「今まで気がついてやれなくて悪かった。チームは違うが、これからは俺も気をつけて、あまりにもムリなスケジュールにならないように調整するよ」

「ありがとうございます」

……それは、めちゃくちゃ助かるかも……。

「というわけで」

雅樹はスケジュール表をデスクに置き、僕の身体をふわりと抱き上げて、

「今日は残業はなし。腰の具合が悪くならないように、ゆっくり休むこと」

「あ、でも……」

「でも、何？」

見つめられて、胸が高鳴る。

身体が、彼の香りを感じるだけで熱くなる。

僕は、自分がどんなに雅樹とのセックスに焦《こ》がれているかを思い知る。

……恥ずかしいけど……。

僕は、なんだか泣いてしまいそうになりながら思う。

……すごくしたい……。

「……あの……」

「ん？」

「……雅樹。今夜はまだ残業をしていないので、腰はほとんど痛くないんです……だから……ええと……」

「だから？」

「……い、いえ、なんでもありません……！」

……まさか、だからこのままセックスしたい、なんて自分の口からは言えないよ……！

「そういえば」

雅樹は僕の顔を見下ろして、

「さっき、俺と高階くんを見た時……嫉妬してくれた？」

「えっ？」

僕は少し考え、赤くなってしまいながらうなずく。

「……そう……です……」

「こんなことを言っては君に怒られてしまうかもしれないが……」

雅樹が、なんとなく面映《おもは》ゆそうな顔で、

「なんとなく嬉しいかな。君に嫉妬してもらえるなんて」

「……え？」

「いや……いつも俺の方が嫉妬してばかりだから」

「あなたが、嫉妬？」

僕が少し驚いてしまいながら言うと、彼は、

「まったく。俺がいつもどれくらい嫉妬しているか、君はまったくわかっていない」

「えっ？　そう……なんですか？」

「自覚のない君に言っても、ムダかもしれないな。天使のように綺麗な顔をして、君はいつも俺をこんなに苦しめる」

雅樹は、僕の顔を真っ直ぐに覗き込んで、

「本当に悪い子だ。君の腰さえつらくなければ、今すぐにたくさんお仕置きをしてしまうところなのに」

その声に含まれたセクシーな響きに、僕は思わず赤くなってしまう。

「……あの……ですから、腰はつらくないんです……」

「そう。でも、万が一ということもあるし。ムリをさせてしまってはいけないしね」

「ムリなんかしてません！　つらいのは、腰じゃなくて……！」

「ん？」

「……腰じゃなくて……あの……」

この先はあなたから言って、と思いながら見上げる。

でも、雅樹は、その先は何？　というように眉《まゆ》を上げてみせるだけで。

そのイジワルな顔までが、僕の身体を熱くしてしまうほどセクシーで。

……ああ、もう、自分を止められない……。

「雅樹……」

僕は真っ赤になってしまいながら、

「あなたが欲しいんです。身体の奥が熱くて、つらいんです……」

恥ずかしくて泣きそうになりながら、

「あなたばっかりみたいに言ってすみません……発情してるのは僕の方です……」

「発情期なのか。そんな色っぽい顔をして、イケナイ子だ」

雅樹はイジワルで、でもものすごくセクシーな顔で笑って、

「俺を誘惑して、その気にさせてごらん？　それがお仕置きだ」

MASAKI 5

俺の手を引いて、ロフトに誘ったまではよかったが……、

「いざとなると、何をすればいいのか……」

晶也は真っ赤になって、ベッドの上に正座をしたまま硬直してしまっている。

「いつでも俺がリードするとは限らないよ？」

彼の照れた顔があまりにも可愛らしくて、俺はついついイジワルをしてしまう。

「したいなら、ちゃんと自分から誘わないと」

「僕から、ですか……？」

「そうだよ。お仕置きだと言っただろう？」

「……あ……」

晶也はその美しい目をふわりと潤ませて、

「……したいです、雅樹……」

「何を？」

「……イジワル……！」

俺は思わず笑ってしまいながら、

「怒った顔も可愛い。もっと怒ってごらん？」

「雅樹、ひどいです！　僕が恥ずかしがって何もできないと思って！」

晶也はまるで怒った猫のように瞳を煌《きら》めかせ、それから、

「僕だって、子供じゃないんですから、あなたをその気にさせるくらい、簡単《かんたん》です！」

「本当？　どうやってその気にさせるのかな？」

「あ、あなたがいつもしているのと同じようにすれば、きっとその気になるはずです！」

晶也は言い、俺のネクタイに手をかける。自分のネクタイを解《ほど》く時のようにはいかないのか、両手を使ってもまだ手間取っている。俺は笑ってしまいながら、

「早くしないと、その気がなくなってしまうかもしれないよ？」

「ま、待ってください。すぐに……ええと……」

俺は自分のネクタイの結び目に指を入れ、シュッと解く。

「こうするんだよ。それから……？」

「あ、ええと……ボタンを外すんですよね！」

晶也は俺のワイシャツのボタンに手をかける。だが、人のボタンを外すのに慣れてないせいで、指先がもつれてなかなか外れない。

「まだ？　眠くなってしまうよ」

笑いをこらえながら言うと、晶也はとても慌てた顔で、

「ちょ、ちょっと待ってくださいね！　ええと……」

やっとボタンを外し終え、俺のワイシャツをはだけて、肌を露出させる。

「あの」

妙に真剣な顔で、

「興奮しますか？」

俺は吹き出しそうなのを必死で我慢しながら、

「全然？」

「……うっ、どうしてだろう？　僕だったら、ボタンを外されただけで……」

言いかけて、ふと照れたような顔で言葉を切る。

「ボタンを外されただけで……興奮する？」

「……あっ！」

晶也はピクンと身体を震わせ、その白い頬を美しいピンク色に染めて、

「……こ、興奮します。あなたの指や、唇が、どこに触れてくるんだろうって思うだけで……」

「イケナイ子だな。……自分でボタンを外してごらん。それでも興奮するかどうか」

晶也はおずおずと手を上げ、自分のネクタイをそっと解く。細い指先が、一つずつ、ボタンを外していく。

「服をはだけて」

言うと彼は素直に服をはだける。そして、肌が空気に触れるだけで感じてしまったのか、身体を震わせて小さく喘ぐ。

「どこに触れられたら嬉しい？　自分で触れて示してごらん」

「……や……そんな……」

「これはお仕置きだ。言うことをきいて」

晶也は泣きそうな顔でおずおずと右手を上げ、そのピンク色の右乳首をそっと示す。

「こっちだけ？」

言うと、晶也はかぶりを振り、左手で、左の方の乳首も示す。

「ここと、ここ？」

指の上に指を重ね、両方同時に上からキュッと刺激してやると、

「……ああっ……！」

まるで達してしまいそうな声を上げる。

「どうした？　自分の指で感じてしまった？」

言いながら両方同時に刺激してやると、晶也はかぶりを振りながら、

「……いや、ちが……あぁ……っ！」

「もう先をこんなに尖らせている。俺をその気にさせるんじゃなかったの？」

「……や……あなたがこんなことするから……うっ……うっん……っ！」

晶也の腰が、ヒクンと跳《は》ね上がる。

スラックスに包まれた晶也の美しい屹立《きつりつ》が、下から布地を押し上げてしまっている。

「晶也。もしかして、これだけで勃《た》ってしまっている？」

囁くと、晶也は涙で潤んだ目で俺を睨み上げ、

「……イジワル！　僕だって、本当はおあずけになんかしたくなかったです……だから……」

「我慢するのはつらかった？　俺と、したかった？」

言うと、晶也はコクンと小さくうなずく。その拍子に、涙が頬を滑り落ちた。

「……抱き合わないで寝るのは寂しかったです。とても、したかったんです……」

その切ない声が、俺の心を甘く痛ませる。俺は彼の身体を強く抱きしめて、

「いじめて悪かった。今夜はうんと優しくしてあげるよ」

「……あっ……うう、ん……雅樹っ……！」

僕の口から、自分の声とは信じられないほど甘ったるい声が漏《も》れてしまう。

……ああ、こんな恥ずかしい声を……。

思うけど、もう我慢できなくて。

雅樹の愛撫は、抱き合えなかった時を埋めるように優しく、そして拒んでしまった僕にお仕置きをするように容赦《ようしゃ》なかった。

そして、僕の身体も、おあずけになった分のセックスを取り戻そうとするかのように、どんどん熱くなって、このまま、甘く蕩けてしまいそうで。

雅樹の舌が、責めさいなむように僕の乳首の形を辿る。

「……あぁーっ……！」

シーツを握りしめ、僕は我を忘れて声を上げる。

……ああ、本当に、いつもよりも、ずっと……。

「愛してる、晶也。君におあずけされている間も、ずっとこうしたかったんだよ」

言って、乳首の先に、チュッと音を立ててキス。

「……くふ……んんっ！」

今にもイッてしまいそうなほどの射精感に、僕の腰が跳ね上がる。

……ああ、彼に抱かれるのは、どうしてこんなに幸せなんだろう……？

片方の乳首にキスを繰り返しながら、雅樹の指が、もう片方の乳首を摘《つま》み上げる。

身体を走る電流が僕の中で一つに集まり、腰のあたりを痺《しび》れさせる。

……もう、そこへの刺激だけでイッてしまいそうで……！

「……ダメッ！　そこはダメです……雅樹……っ！」

「……ダメ？　こんなに尖らせておいて？」

囁きながらキスをされたら、ますます感じてしまって。

僕の屹立は、スラックスの下でズキンと痛んで、そのままますます熱くなって……、

「……ああ、雅樹……もう……っ！」

「……もう、何……？」

「……もう、イッちゃ……あ！　あああーっ！」

キュッと刺激されて、僕の先端から、いきなり白い蜜が散った。

……ああ……胸だけで、イッちゃうなんて……！

濡《ぬ》れた下着のあまりの恥ずかしさに、僕は真っ赤になってしまう。

「……今夜はすごいね。乳首だけでイケるなんて。とても感じてる……？」

「……イジワル……だって、久しぶりだから……！」

「そうだな。あんまりイジメたら可哀想かもしれないね」

言って、雅樹の手が、僕のベルトを外し、スラックスのファスナーをゆっくりと開く。

「……雅樹……はやく……」

「……イケナイ子だな。我慢できないの？　そんなに急《せ》かしたりして……」

「……我慢できません……だから……」

僕は恥ずかしくて泣いてしまいながら、雅樹の胸に顔を埋め、

「……ください……できなかった分を埋めるくらい、たくさん……」

雅樹の腕が、僕の身体をしっかりと抱きしめる。

「……そんな可愛いことを言われたら、俺の方こそ我慢ができなくなるよ」

なんだか苦しげな声で囁いて、僕のスラックスと、ベタベタに濡れてしまった下着を一気に剝ぎ取る。

「……たまにはおあずけもいいね。君に、こんな熱烈なことを言ってもらえるんだから」

囁きながら、ヌルヌルになった屹立の側面を、指先でゆっくりと刺激する。

「……あ、あぁん……！」

僕は、あまりの快感に意識を飛ばしかけながら、

「……ダメ、ダメです、雅樹……また……！」

「……また？」

雅樹はすごくセクシーな顔で笑って、

「……今イッたばかりなのに？」

囁きながらも、ジラすような愛撫をやめてくれない。

「……だ、だって……あなたの指が……あっ！」

感じやすいくびれの部分を指でキュッと揉《も》み込まれて、僕の腰が、ビク！　と跳ね上がる。

「……自分から腰を動かしたりして、本当にイケナイ子だ」

囁いて、雅樹の指が容赦なく僕を刺激する。先端を、ヌル、と手のひらで撫でられて……、

「……はっ……あぁー……っ！」

僕の屹立は、我慢できずにいきなり白い蜜をほとばしらせてしまう。

「……イヤ……あああ……！」

僕は快感の余韻に震えながら、あまりの恥ずかしさに手で顔を覆う。

……ああ、もう、今夜の僕の身体、どうかしてる……！

「またイッてしまったの？」

雅樹のイジワルな声。顔を覆った手がそっと外されて、

「でも……可愛いよ。我慢できない君も」

唇に、優しいキス。

「……んん……雅樹……」

僕は唇を開いて、彼のキスを受け入れる。

だんだん深くなるキス。彼の舌が、僕の口腔《こうこう》にそっと忍び込む。

「……ん……んん……」

彼の舌が、僕の舌を優しくからめとる。

「……あん……んん……」

その舌の動きは、なんだかだんだんセクシーになって。

舌先を淫《みだ》らに吸い上げられて、感じやすくなった身体が震えてしまう。

「愛しているよ、晶也。どんなに愛しているかを、今から証明してあげる」

囁かれて、身体に甘いさざ波が走る。

彼は身を起こし、自分の身にまとったすべての衣類を脱ぎ捨てる。

……ああ……。

……月明かりの下、そのセクシーな目で見下ろされるだけで、僕は……。

「……愛してます、雅樹。……きて」

彼の逞しい身体が、僕の上にのしかかってくる。

触れ合うあたたかな肌の感触に、僕の身体はますます熱くなって……。

僕の放った蜜でどうしようもなく濡れた、雅樹の美しい指。

もう勃ち上がりかけた僕の屹立を辿って喘がせてから、脚と脚の間に滑り込んでくる。

「……あっ……」

谷間を、彼の指先が往復する。

「……ああ……！」

欲しがって震えている僕の蕾の上を何度も通過して。でも、まだ与えてはくれなくて。

「……雅樹……！」

雅樹の濡れた指が、ヌル、と僕の蕾の周囲を撫でた。

それだけで震えてしまった蕾に、そのまま、クチュ、と音を立て、彼の指が侵入してくる。

「……ああ……っ！」

久しぶりだからか、少しつらく感じるその入り口。

……ああ、僕の中に、雅樹のあの美しい指が……。

でも、思うだけで、僕の蕾は柔らかく解け、雅樹の指をたまらなげに締め付けて……。

「……こんなに締め付けて。気持ちがいい？」

囁かれて、僕は必死でうなずいて、逞しい彼の身体にすがりつく。

「……気持ち、い……雅樹……また……っ！」

「また？」

雅樹はイジワルに笑いながら、

「そんなにイッたら、腰が痛くなる前に、腰が抜けてしまうよ？」

「……んん、イジワル……！」

睨み上げ、それから目でお願いと訴えると、雅樹はなんだかつらそうな顔をして、

「そんな目をされたら、ひどくしてしまいそうだ。今夜の俺は、もう自制が利かなくなりそうなんだ」

「……ひどくてもいい……あなたが欲し……ああっ……！」

僕の両足首が摑まれ、そのまま大きく押し広げられる。

蜜を塗《ぬ》り込められ、濡れて震えてしまっている僕の蕾。

「……あ……！」

入り口に強く押し当てられる、逞しい彼の欲望。

「……ああ……っ！」

そのまま僕の壁を押し広げ、容赦なく侵入してくる、燃えそうに熱いその屹立。

「……ああ、雅樹……っ！」

激しい圧迫感。そしてそれを圧倒する快感、そして幸せな喜び。

雅樹が僕をしっかりと抱きしめ、ゆっくりと抽挿《ちゅうそう》を開始する。

クチュ、クチュン、という濡れた音が、夜の空気に淫らに広がる。

……ああ、やっと……。

彼と一つになり、身体の深いところで彼を感じる。

僕は、どんなにこの瞬間を待ち望んでいたか、あらためて思い知る。

「……雅樹……雅樹ぃ……！」

「……晶也……」

欲望を含んだ甘い声に、僕の襞《ひだ》がキュッと反応してしまう。

「……あ、あん……っ！」

自分で締め付けておいて、自分でも感じてしまう身体が恥ずかしい。

……だけど、締め上げたら、雅樹の逞しい形をリアルに感じてしまって……。

雅樹は、一瞬息をのんでから苦笑して、

「こら。そんなに締め付けられたら、我慢できずにもっていかれてしまうよ。俺だってずっと、君を抱きたいという衝動《しょうどう》に耐えていたんだからね」

「……我慢、しないで……」

僕の唇から、かすれた声が漏れた。雅樹は、セクシーな顔でクスリと笑い、

「……わかった。発情期の君が満足するまで、何度でもイカせてあげるから」

囁いて、彼は獰猛《どうもう》な獣になる。

僕を容赦なく貫き、透き通る蜜を振り零《こぼ》す僕の屹立を、その指で巧《たく》みに愛撫して……、

「……ああっ、雅樹！　ダメ！　またイッちゃうっ……！」

「……いいよ。何度でもイカせてあげると言っただろう？　……一緒にイこう……」

甘い声で囁かれ、僕の意識がフッと霞《かす》んで……、

「……愛してる、雅樹……あ、ああっ……！」

「……愛してるよ、晶也……」

「ああぁっ、くぅう……んっ！」

僕は震え、彼の美しい手の中に、ドクン、ドクン！　と蜜を激しく放ってしまう。

締め上げてしまうと、雅樹は甘いため息とともに、僕の奥深くに熱い欲望を放ったんだ。

＊

それから、もう気が遠くなるまで、セックスして。

夜が明ける頃、やっとお風呂に入って。でも、洗うっていう名目で愛撫されて、お風呂の中でまたイカされて。

バスローブにくるまれた僕は、ほとんど腰が抜けた状態で全然歩けなくて。

雅樹は僕を抱き上げ、リビングの隣にあるアトリエに連れていってくれた。

そこには、『Polte Cervo』で見た、あの素敵なデスクとチェアがあった。

高い天井と、打ちっ放しのコンクリートを持つ雅樹の美しいアトリエ。間接照明に照らさ

れたデスクとチェアは、お店にあった時よりもますます美しく見えた。ローズウッドでできた雅樹のデザインデスクとチェア。それと新しいデスクのセットが並んだ様子は、まるでカップルみたいにお似合いに見えた。

「アントニオを通して、ロセッティ氏に相談していたんだ。家具を作っているロセッティ氏は、人間の身体についてとても詳しいはずだからね。彼によると、腰の痛みは仕事の時の姿勢の悪さから来ているのではないかということだった」

「……あ……そういえば、この部屋に来た後は腰が痛かったんです。ここのところ、リビングのローテーブルで背中を丸めてデザイン画を描いてたから……」

「それだよ。俺のデスクで描きなさいと言ったのに」

「あ……でも、上司であり、世界的なデザイナーであるあなたのデスクを使うことなんか、恐れ多くてできなくて……」

「まったく。君がいつでも仕事をできるように、きちんと片づけてあったのに」

……たしかに、前には資料が山積みになっていたデスクの上が、最近はチリ一つなく片づけられていたかも……？

雅樹はチラリと眉を上げてみせて、

「自宅に仕事を持ち帰るのは、できるだけ避けて欲しいんだが、篠原くん？」

彼の言葉に、僕は恐縮してしまいながら、

「す、すみません。でも、僕、仕事が遅いうえに、熱中すると止まらなくなって……」

「まあ、仕事熱心な君に、手を抜けと言う方が無理だからね。……というわけで、これは君のデスクだ。心おきなくここで仕事をしてくれていい」

「……僕の……？　これが……？」

信じられない気持ちで見上げると、雅樹はクスリと笑って、

「本当は、明日、君を呼んで見せようと思ったんだ。一日早くなってしまったけれど二人の祝日に」

「祝日？」

雅樹は、アトリエの壁に掛けられた時計を見上げ、

「あと二時間で十二時を過ぎる。そうしたら、今日になるけれどね」

それから、イケナイ子だな、という顔で僕を見下ろして、

「明日がなんの祝日か、わからない？」

……明日はなんの休日でもなくて、しっかり会社もある。僕の誕生日は過ぎたし、雅樹の誕生日はまだだし……？

「俺が、君のデザインした宝石を初めて見た記念日。数年前、君の商品が載ったあの『ヴォーグ・ジョイエッリ』が発売された日だよ」

僕のデザインした商品が、『ヴォーグ・ジョイエッリ』っていう雑誌に載ったことがあっ

た。雅樹はそれを見て、『アキヤ・シノハラ』っていう社員に会うために日本支社に視察に来た。

あの作品があの本に載らなかったら、イタリア本社にいた彼と、日本支社にいた僕は、出会うこともなかったかもしれない。

そういえば、毎年雅樹はこの日には何か小さなプレゼントをくれていて。

「……ご、ごめんなさい！　そういえばそうでした！　仕事でバタバタしていてすっかり忘れていて……」

「さんざんおあずけを食らわせたあげく、人をサカリのついたケダモノ呼ばわりするし、浮気者の汚名は着せるし、そのうえ記念日は忘れるし……」

「……す、すみません……」

雅樹はものすごく記憶力がいいから、いろいろな日をしっかり憶《おぼ》えてる。

誕生日はもちろん、『日本支社で二人が初めて会った日』とか、『電話ボックスで二人が初めてキスをした日』とか、『天王洲《てんのうず》の部屋で二人が初めて結ばれた日』とか……数えきれないほどの祝日と、小さなプレゼントと、たくさんのキスと、祝祭の甘いセックスがある。

そんなにたくさん憶えきれない、一日くらい忘れちゃいます、って言いたいところだけど、雅樹の気持ちが嬉しいし、それに何より……僕も、彼と過ごした祝日を、忘れずにいたい。

「ありがとうございます、雅樹。僕からも何かお返しをしないと……」

「お返しは、今もらった。……と言いたいところだが、あんなに耐えさせられたんだ、一晩くらいでは足りないよ」

雅樹はハンサムな顔に、とってもイジワルで、そしてとってもセクシーな笑みを浮かべる。

「祝日がまた増えた。今日は、『発情期の晶也が初めて自分から誘った日』だな」

僕の唇に、チュッと音を立ててキスをしてくれる。

「イジワル！」

恥ずかしくて僕は言うけど……彼と一緒の日々は、毎日が祝祭日みたいに幸せなんだよね。

Like a soft boiled egg

……オレ、もうちょっと大人になれないのかなあ……？

オレはソファの上で両膝を抱えながら、ため息をつく。

ここは、恋人と一緒に住み始めた家。その広々としたリビング。素晴しいセンスを持つオレの恋人が、有名建築家と協力して作り上げたうっとりするような美しい場所だ。だからここは、どんな邪魔も入らない二人だけの愛の巣……だったはずなんだけど。

オレの名前は森悠太郎《もりゆうたろう》。そしてオレの恋人はアントニオ・ガヴァエッツリ。大富豪ガヴァエッツリ一族の御曹司で、イタリア系老舗宝飾品会社ガヴァエッツリ・ジョイエッロの副社長、さらにデザイナー室ではオレの上司。

最初は親友の晶也《あきや》を巡る恋のライバル（全然敵わなかったし、晶也は黒川《くろかわ》チーフとくっついちゃったから、全然的外れだったんだけど）、それからしょっちゅう飲んだりする仲のいい上司と部下、それがいつの間にか……。

オレは、自分の気持ちを理解するきっかけになったあの事件を思い出す。アントニオが昔の恋人と復縁するんじゃないかと思ったオレは、もう何もかもわからなくなって飛行機に飛び乗り、パリまで彼を追いかけて行ってしまった。結局は誤解だって解ったんだけど……あの事件で、自分が恋に不慣れで、そしてまだまだ子供であることを自覚した。今でも、あの時のことを思い出すだけで恥ずかしくて涙が出そうだ。

……しかもオレ、あの時から全然進歩がない。いつかは彼に相応《ふさわ》しいハードボイルドな大人の男になりたいって思っているのに、これじゃただの半熟卵だ。

親友の晶也は黒川チーフという恋人ができてから、すごく変わった。もちろん、いい方向に。いつの間にか社会人らしい大人な意見を言えるようになったし、人並みはずれて素晴しかったセンスにますます磨きがかかってる。さらに、見た目までがどんどん色っぽくなって……そんな晶也に、黒川チーフはますます夢中みたいだ。

……だけど、オレはいつまで経っても変わることができない。すぐに意地を張っちゃうし、からかわれるとムキになっちゃうし、セックスだって全然上手にならないし。

オレはますます頬が熱くなるのを感じながら、ため息をつく。

二人のための美しい寝室、そして二人だけのベッド。アントニオはほとんど毎晩みたいにオレに甘い言葉を囁き、抱き締め、キスをしてくれた。そしてその美しい指と逞しい欲望でオレを奪って……。

オレは脚をきつく抱え込み、膝頭に額《ひたい》を強く押し付ける。

……アントニオ、どうして誘ってこないんだろう？　もう十日目だ。

もちろん、彼の出張があればオレ達は離れ離れ。そしてオレの〆切が近い時には仕事に影響が出るといけないから、最後までするわけじゃない。だけど……時間と体力が許す限り、オレ達は愛を確かめ合ってきた。セックスをしない夜でも、彼はオレを抱き締め、「愛している。我慢するけれど、本当は抱きたいんだよ」って何度も優しく囁《ささや》いて、おやすみのキスをしてくれて……。

……なのに、彼はもう指一本触れてこない。

最後にセックスをしたのは、先週の火曜日、連休最後の夜。水曜日の夜からアントニオはなぜか様子が変になって、額へのキスしかしてくれなくなった。連休中はずっとセックスばかりしていたから、疲れてるんだと思ったんだけど……なぜかその状態はキープされ、いつもならずっとベッドで過ごすはずの週末にも、アントニオはなぜかオレに指一本触れず、「おやすみ」を言っただけでオレに背を向けて寝てしまった。そしてそのまま十日間が過ぎ……今夜は金曜日。

オレは壁の時計を見上げて、もう十二時近いことを確認する。今夜は、たしかに就業後にチーフ会議があったはず。でも、定例のものだからそんなに長引くとは思えない。晶也は黒川チーフとデートするって言ってたから、二人で飲みに行ったってことも考えられない。

……アントニオ、どこに行ったんだろう？

アントニオが何かに怒っているとかだったら、理由を聞いて問い詰めることもできる。だけど、不思議なことに彼はとても機嫌がいい。冷たくなったわけじゃなくて、セックスをしないことを除けばいつもよりも優しいくらい。だから「オレ、何か悪いことした？」なんて聞くことも、謝ることもできなくて……。

……恋に関してはすごく真面目なアントニオが、浮気しているとかはまず考えられない。

じゃあ、これって、なんなんだろう？

オレは、不吉な予感に鼓動が速くなるのを感じる。

……もしかして、彼はオレに飽きてしまった？

考えただけで、全身から血の気が引く。

神様の祝福を一身に受けて生まれてきたような最高の男であるアントニオと、本当に何もかも平凡なオレ。恋人としてつりあうわけがないのは解ってる。だからいつ飽きられてもいいように、オレはいつも心のどこかで覚悟を決めていた。でも……もう……。

オレは額をきつく膝に押し付け、唇を噛んで涙をこらえる。

ドアの向こう、玄関の方から鍵をあける音が聞こえてくる。オレはどうしていいのか解らずに、思わず立ち上がる。

「ユウタロ、帰っている？」

玄関の方から、アントニオの声がする。聞き惚れるような美声、オレの名前を呼ぶ時に使われる、独特の発音。それを聞くだけで、壊れそうなほど胸が痛む。オレは泣きそうになりながら、しっかりと自覚する。

……オレ、もう、アントニオのいない人生なんて考えられない。

リビングのドアノブが回り、ドアが開く。そこに立っていたのは、見とれるような美しい男。漆黒の髪と黒曜石《こくようせき》の瞳、端整な顔立ち。最高級のイタリアンスーツとカシミアのコートに包まれた、逞しい長身。

「……アントニオ……」

彼の凛々《りり》しい姿を見るだけで、オレの鼓動は、どんどん速くなってしまう。

……ああ、やっぱりオレ、彼のことをこんなに愛していて……。

「ユウタロ」

彼が言い、持っていたアタッシェケースを床に置く。長いストライドで部屋を一気に横切り、大きく手を広げる。そのままふわりと抱き寄せられて、オレは呆然とする。

「愛している、ユウタロ」

囁いて、彼の腕がオレをしっかりと抱き締める。鼻腔をくすぐる芳しいコロンの香りに、目眩《めまい》がする。

「君が欲しい」

ため息のような囁き。抱き締める力が緩んで身体が少しだけ離れ、オレの顎が彼の指先で持ち上げられる。

「……あ……」

端麗な顔が近づいて、彼の唇が、オレの唇に深く重なってくる。角度を変えて何度もキスをされ、あたたかな舌で口腔《こうこう》を探られる。それだけで、もう何も考えられず、身体までが熱くなってしまって……。

「あっ」

オレの身体が抱き上げられ、そのままソファに押し倒される。アントニオがオレにのしかかり、上から見下ろしてくる。

「もう限界だ。お願いだ、抱かせてくれ」

いつもスマートな彼とは思えないほどの、獰猛《どうもう》な瞳。そのハンサムな顔には、どこかがひどく痛むかのような苦しげな表情が浮かんでいる。

「……ど、どうしたの……？」

オレが呆然としながら聞くと、彼はつらそうに眉を寄せて言う。

「抱きたくて抱きたくて仕方がないのに、ずっと我慢をしていた」

その言葉に、オレは目を丸くする。

「我慢って……なんで？」

「その説明は後だ。……もう、一秒も我慢できない」

低く囁かれ、欲望を浮かべた漆黒の瞳に見下ろされて、オレは思わずうなずいてしまう。

「いい……けど……」

「ありがとう。愛しているよ、ユウタロ」

彼の顔が下りてきて、オレの唇に深いキスをする。

「……ん……っ」

キスでオレを酔わせながら、彼の手が身体の上を滑り下りる。指先がオレの下腹を探り、ジーンズの前立てのボタンを外し、ファスナーを下ろしてしまう。

「……ん、んんっ」

彼の指がジーンズの隙間から滑り込み、下着に包まれたオレの屹立《きつりつ》を探し当てる。布地ごと握り込まれ、キュッと強く扱《しご》き上げられて……激しい快感に、背中が反り返る。

「……んん……アントニオ……！」

深くなるキス。いつも紳士的な彼とは別人みたいに、性急な愛撫。彼の激しい飢えを感じて……オレの身体が蕩けそうなほどの熱を持つ。

「……オレ……」

キスの合間に、唇を触れさせたままでオレは囁く。

「……あなたがいなくなったら、もう生きていけない……」

「私も同じだ。君がいなくなったら、生きることすらできないよ」

彼が顔を上げ、オレの顔を真っ直ぐに見つめる。

「愛しているよ、ユウタロ」

「……愛してる、アントニオ……んん……」

彼の顔が下りてきて、また激しいキス。そしてオレと彼はしっかりと抱き合い、快楽の高みに駆け上り……。

◆

「ええっ？」

嵐のような時が過ぎ去った後。裸でアントニオの腕に抱かれたまま、オレは思わず声を上げる。

「十日間抱こうとしなかったのは、オレを焦らすためっ？」

「ああ。色っぽい君の隣で耐えた十日間は、まるで地獄のようだったよ」

アントニオが苦しげに言って、深いため息をつく。

「な……なんでそんなこと……？」

「マサキに自慢されたんだ。『この間、発情期の晶也が初めて自分から誘ってくれました。俺の中で記念日が一つ増えましたよ』とね」

「エッチしないで焦らせば、オレが発情して自分から誘うんじゃないかって思ったとか？」

「ああ。誘ってくれる前に、私の我慢が限界に達してしまったが。……でも……」

アントニオはどこかイタズラっぽい顔でオレを見下ろして、にっこりと笑う。

「なかなか甘い言葉を言ってくれない君から『あなたがいなくなったら、もう生きていけない』という言葉が聞けた。私は今、とても幸せだ」

「なにが、幸せだ、だっ！」

オレは彼の腕を振り払って起き上がり、思い切り叫ぶ。アントニオがものすごく驚いた顔をしてオレを見上げてくるけれど、もう止まらない。

「あなたが指一本触れなかった十日間、オレがどんなに苦しかったと思ってるんだよっ！　飽きられたんじゃないかって、めちゃくちゃ悩んだんだからな——っ！」

アントニオは呆然とした顔で起き上がり、それからオレの身体をそっと抱き寄せる。

「悪かった。私は君を悩ませてしまったんだな」

「そうだよっ！　オレ、もう、本気で怒ったからなっ！」

オレは怒鳴り、それから彼のあたたかな肩に額を擦り寄せる。

「お詫びに、朝までオレを離さないこと！　いい？」

「わかった。もちろん、離したりしないよ」

彼の腕がしっかりとオレを抱き締める。

「愛している。ユウタロ」

甘い声で囁かれ、そっとキスを奪われ……怒っていたはずなのに、オレは彼といられる幸せに心を熱くしてしまう。

オレの恋人は、ハンサムで、イジワルで……そしてこんなふうにすごくセクシーなんだ。

あとがき

こんにちは、水上ルイです。この『ジュエリーデザイナーの祝祭日』は、ルチル文庫さんより文庫化が続いているジュエリーデザイナー（以下ＪＤ）シリーズの超番外編。チーフデザイナーの黒川とその部下・晶也のお話を集めた短編集です。デザイナー室の面々もたくさん登場します。すべて読みきりですのでシリーズ本編を読んでいなくても大丈夫。シリーズの入門編としてもオススメです（ＣＭ・笑）。今回も文庫のためにショートを書き下ろしました。副社長のアントニオと、その部下・悠太郎のお話。こちらはＪＤシリーズ番外編『副社長はキスがお上手～』に登場するキャラ達です。本編、ショート、共にお楽しみいただければ嬉しいです。あ、文庫化に際してショートストーリーをどんどん書き下ろし中、そしてリクエスト募集中です。「ＪＤキャラのこんなお話が読みたい」という方は、幻冬舎さん宛のお手紙か、ＨＰ経由水上宛のメールにてよろしくお願いします。

素晴しいイラストを描いてくださった円陣闇丸先生、ルチル文庫編集部の皆様、そして読んでくださったあなた、本当にありがとうございました。水上ルイ、今年も頑張ります。これからもよろしくお願いできれば嬉しいです。

二〇一〇年　一月　　水上ルイ

✦初出　泳ぐジュエリーデザイナー……………………リーフノベルズ「ジュエリーデザイナーの祝祭日」2001年9月刊
ジュエリーデザイナーのとんでもない休日…リーフノベルズ「ジュエリーデザイナーの祝祭日」2001年9月刊
真冬のジュエリーデザイナー……………………リーフノベルズ「ジュエリーデザイナーの祝祭日」2001年9月刊
ジュエリーデザイナーの初夢は…………………リーフノベルズ「ジュエリーデザイナーの祝祭日」2001年9月刊
ジュエリーデザイナー　湯けむり温泉旅行……リーフノベルズ「ジュエリーデザイナーの祝祭日」2001年9月刊
ジュエリーデザイナーの祝祭日…………………リーフノベルズ「ジュエリーデザイナーの祝祭日」2001年9月刊
Like a soft boiled egg……………………書き下ろし

水上ルイ先生、円陣闇丸先生へのお便り、本作品に関するご意見、ご感想などは
〒151-0051 東京都渋谷区千駄ヶ谷4-9-7
幻冬舎コミックス　ルチル文庫「ジュエリーデザイナーの祝祭日」係まで。

幻冬舎ルチル文庫

ジュエリーデザイナーの祝祭日

2010年1月20日　　第1刷発行

✦著者　水上ルイ　みなかみ るい

✦発行人　伊藤嘉彦

✦発行元　株式会社 幻冬舎コミックス
〒151-0051 東京都渋谷区千駄ヶ谷4-9-7
電話 03(5411)6432[編集]

✦発売元　株式会社 幻冬舎
〒151-0051 東京都渋谷区千駄ヶ谷4-9-7
電話 03(5411)6222[営業]
振替 00120-8-767643

✦印刷・製本所　中央精版印刷株式会社

✦検印廃止

ISBN978-4-344-81869-9　C0193　Printed in Japan